IQ《アイキュー》探偵《たんてい》ムー

絵画《かいが》泥棒《どろぼう》の挑戦状《ちょうせんじょう》

作《さく》◎深沢《ふかざわ》美潮《みしお》　画《が》◎山田《やまだ》J太《じぇいた》

ポプラ社

彼女はすずしげな顔で表通りに向かって歩きはじめた。元も自転車を押してついていく。

ラムセスはふたりの間をゆうゆうと歩いていたかと思うと、
ぱっと飛び上がり、高い塀の上に跳びうつり、どこかへ行ってしまった。

猫っていうのはどういう運動神経をしているんだろう。

まったく助走なく、あんな高いところまで飛び上がれるなんてすごい。

ラムセスに感心していると、夢羽が元に聞いた。

「森亞亭って覚えてるだろ?」　その名前を聞いて、元はドキッとした。

目《もく》次《じ》

★登《とう》場《じょう》人《じん》物《ぶつ》紹《しょう》介《かい》●●●

杉下元《すぎしたげん》

小学五年生《しょうがくごねんせい》。好奇心旺盛《こうきしんおうせい》で、推《すい》理小説《りしょうせつ》や冒険《ぼうけん》ものが大好《だいす》きな少年《しょうねん》。ただ、幽霊《ゆうれい》やお化《ば》けには弱《よわ》い。夢羽《むう》の隣《となり》の席《せき》。

茜崎夢羽《あかねざきむう》

小学五年生《しょうがくごねんせい》。ある春《はる》の日《ひ》に、元《げん》と瑠香《るか》のクラス五年一組《ごねんいちくみ》に転校《てんこう》してきた美少女《びしょうじょ》。頭《あたま》も良《よ》く常《つね》に冷静沈着《れいせいちんちゃく》。

峰岸愁斗《みねぎししゅうと》

イケメンの刑事《けいじ》。

塔子《とうこ》

夢羽《むう》の叔母《おば》。

ラムセス

夢羽《むう》といっしょに暮《く》らすサーバル・キャット。

杉下英助《すぎしたえいすけ》、春江《はるえ》、亜紀《あき》

元《げん》の父《ちち》、母《はは》、妹《いもうと》。

小林聖二《こばやしせいじ》

五年一組《ごねんいちくみ》の生徒《せいと》。
クラス一頭《いちあたま》がいい。

大木登《おおきのぼる》

五年一組《ごねんいちくみ》の生《せい》徒《と》。元《げん》と仲《なか》が良《よ》く、食《く》いしん坊《ぼう》。

河田一雄《かわだかずお》、島田実《しまだみのる》、高橋冴子《たかはしさえこ》
光谷瑛里沙《みつやえりさ》、山田一《やまだはじめ》、吉田大輝《よしだたいき》

銀杏《いちょう》が丘《おか》第一《だいいち》小学校《しょうがっこう》五年生《ごねんせい》。

雨元光次郎《あまもとこうじろう》

絵画《かいが》コレクター。

杉城《すぎしろ》、友岡《ともおか》

雨元光次郎《あまもとこうじろう》の部下《ぶか》。

江口瑠香《えぐちるか》

小学五年生《しょうがくごねんせい》。元《げん》とは保育園《ほいくえん》の頃《ころ》からの幼《おさな》なじみの少女《しょうじょ》。気《き》が強《つよ》く活発《かっぱつ》で、正義感《せいぎかん》も強《つよ》い。オシャレが大好《だいす》き。

森亜亭《もりあてい》

夢羽《むう》をライバルだと思《おも》っている謎《なぞ》のおじさん。

前田純子《まえだじゅんこ》（前田屋）、城島良一《じょうしまりょういち》（レンガ軒）、光谷志真《みつやしま》（光谷肉店）
長井泰之《ながいやすゆき》（ヤオナガ）、広川彦一《ひろかわひこいち》（エルロンド）、古田秋江《ふるたあきえ》（プリーパン）
島谷政子《しまたにまさこ》（シマタニ文房具）、白木圭子《しらきけいこ》（ローハンクリーニング）

ギンギン商店街《しょうてんがい》の皆《みな》さん。

銀杏《いちょう》が丘市《おかし》
MAP
農業高校
桜坂公園
吉野湯
自動車工場
桜並木
並浪川
久美の家
楓陽館
公営プール
咲間川
第二小
第二中
喫茶ナイアガラ
警察署
国道
カムパネルラ商会

裏山
吉田の家
小林の家
五部林公園
島田の家
愛子が淵
和野戸神社
瑠香の家
夢羽の家
元の家
第一中
第一小
エリーゼ女子大
吾妻橋
寿万寺
あけぼの湯
トップスター塾
ギンギン商店街
リンドンバーガー
BURGER
コミュニティセンター
薬局
銀行
寿湯
図書館
スーパーサガトヤ
銀杏が丘スイミングスクール
州子稲荷
N

ギンギン商店街《しょうてんがい》を救《すく》え!

★ギンギン商店街のピンチ

1

夏休みになったばかり。

まぶしい日差しが遠慮《えんりょ》知らずに照りつける午後。

杉下元《すぎしたげん》は母親の春江《はるえ》に言われ、ギンギン商店街のクリーニング屋に洗濯《せんたく》物を出しに行くところだ。

もちろん、自転車で。

白い野球帽《ぼう》を目深にかぶっていてもまぶしい。紺色《こんいろ》のTシャツにはロボットのイラストが描《か》いてある。最近流行の映画《えいが》で出てくるキャラクターなのだ。下はジーンズのハーフパンツにスニーカー。

十歳《さい》になる元は銀杏《いちょう》が丘《おか》第一小学校の五年生。坊主《ぼうず》頭よりはちょっとだけ伸《の》ばした頭。

特に前髪《まえがみ》あたりは少しだけ長めだが、これは元ではなく春江の趣味《しゅみ》だ。

すっかり日焼けした顔には汗《あせ》がにじんでいる。

きょうも朝から気温がぐんぐん上がっているようで、正午をこえた今頃《いまごろ》がピーク。

電柱に止まったアブラゼミがジリジリと追い打ちをかけるように鳴いていた。

ギンギン商店街の入口に到着《とうちゃく》。ここから商店街を通《とお》り抜《ぬ》け、もうひとつの入口に近い場所……角っこに加藤《かとう》タバコ店があって、その隣《となり》にローハンクリーニングがある。

そこまでずらっといろんな店が並《なら》んでいた。

比較的《ひかくてき》大きな店構《みせがま》えなのがヤオナガ。漢字で書くと「八百長」なのだが、「ヤオチョウ」とも読めるので、「ヤオナガ」とカタカナにしている。「ヤオチョウ」というのは、人をだますことだからである。

ヤオナガの隣にはレトロな洋食屋のレンガ軒《けん》。ここのオムライスやハンバーグは有名で、以前はテレビや雑誌《ざっし》に取りあげられていた。

この暑さからか、ふだんより人通りが少ない。

人通りが多い時は自転車から降《お》りて押《お》していくが、きょうはこのままスイスイ通り抜けていけそうだった。

ペダルに足をかけ、グンと力をこめようとした時だ。

「おう、坊主《ぼうず》。暑いのにお使いか？　感心感心。これをやろう」

後ろから声をかけられ、びっくりして振《ふ》りかえる。

よく通る声だ。

「あ、どうも……」

ぺこんと頭を下げる元《げん》の鼻先におじさんが手を突《つ》きだした。

彼《かれ》はヤオナガの店主、長井泰之《ながいやすゆき》。よく通る声の持ち主で、長くて角張《かくば》った顔をしている。

大きくて分厚《ぶあつ》い手の平にはあめがひとつあった。

恐縮《きょうしゅく》しながらそのあめを受け取る。あめひとつで大喜びするような年頃《としごろ》ではないのだが、長井はそう思っていない。元がすぐに食べるだろうと思って見ている。

にこにこしている長井の前でさっそく包みを取って口に放りこむ。ほんのりすっぱくて甘《あま》い。イチゴミルク味のキャンディだ。

「そんじゃ……」

もう一度頭を下げ、先を急ごうとした元《げん》を長井《ながい》がまた呼びとめた。

「おう、そうだ、坊主《ぼうず》。ちょっとなぁ、頼《たの》みたいことがあるんだけど」

元は地に足をつけ、長井を見た。

「おまえ、夢羽《むう》ちゃんていう女の子と友達だろ？」

長井に言われ、元はドキッとした。

「え？　あ、ああ、まぁ……」

とたん頭に血が昇《のぼ》る。カーッと頬《ほお》も熱くなる。

カンカン照りのなかだから、気づかれなかっただろうけれど、元はしどろもどろになってしまった。

ヤオナガのおじさん、いきなりすぎる！

元がどぎまぎしているというのに、長井

はそんなことなどまったく気にとめず、少しまじめな顔になった。

「実は、あの子にちょっと頼《たの》みがあるんだが、坊主《ぼうず》から伝えてくれないかな」

「頼み!?」

長井《ながい》が夢羽《むう》に何の頼みなんだろう?

興味《きょうみ》がわいてきて、顔の赤いのが一気におさまった。

「ああ、坊主も知ってるだろ?　駅前にサクラエッグスできただろ」

「うん」

サクラエッグスというのは大型スーパーのことだ。スーパーは他にもあるけれど、サクラエッグスはもっと大型で、地下と一階が食料品、二階三階が日用品や衣料品、四階が家具や電化製品《せいひん》で、五階がレストランという本格的《ほんかく》なものだった。

春江《はるえ》も大好きなスーパーで、暇《ひま》さえあれば妹の亜紀《あき》を連れて買い物に行っている。元《げん》も友達の大木《おおき》や小林《こばやし》としょっちゅう行ってる。すずしくって気分がいいし、大きな本屋やおもちゃ屋があるので冷やかして歩くだけでも時間がつぶせるのだ。

長井は腕組《うでぐ》みをして「ふぅ……」と息をついた。

「あれができてからこっちの売り上げがガタンと落ちてなぁ。苦しいわけよ」

「………」

そっかぁ。それはそうだろうなぁ。

春江《はるえ》も言ってた。サクラエッグスは種類も豊富《ほうふ》だし安いし、五千円以上買い物をすると無料で宅配《たくはい》もしてくれるから便利だって。

でも、そうなると地元の商店街はみんな困《こま》ることになるのか。

地元の人たちは助かるけど、一部の人たちは困ることになるという。そんなことふだん考えたりすることはないから、こうして聞いてみてはじめてわかった。

しかし……それと夢羽《むう》とどう関係があるんだろう?

元《げん》の疑問《ぎもん》はすぐ解《と》けた。

長井《ながい》が言うには、このギンギン商店街の大ピンチをなんとかするため、今年の夏のセールは大々的にやろうということになっているんだそうだ。

「それでだなぁ。ただセールをやったり、出店を出したり、クーポンをたくさん出したり、賞品出したりするだけじゃなくて、クイズでも出して、それの正解者《せいかい》にだけ賞品を出そうかっていう話になったんだ。そうすればもっと興味《きょうみ》を持ってくれるんじゃないかってね。

ただ、うまいクイズがなかなか思いつかなくってなぁ、おじさんたちじゃ。それで、あの夢羽《むう》ちゃんに頼《たの》みたいっていう話になったんだ」

なるほど、夢羽のすごさは商店街の人たちにも浸透《しんとう》するくらいに有名なんだ。

元《げん》は感心しながら聞いていた。

まぁ、あれだけ見事にいろんな事件《じけん》を解決《かいけつ》してるんだから有名にもなるだろう。

「それで、坊主《ぼうず》からあの子にこのことを伝えてくれないかね。できるだけ早く連れてきてもらえるとありがたい」

長井《ながい》の言葉に元は「わかりました！」とうなずいた。

クリーニング屋に洗濯《せんたく》物を出したら、さっそく夢羽のところに行ってみよう。

元はぺこんと頭を下げ、自転車のペダルをこいだ。

背中《せなか》に「キャベツ安いよぉ！　赤いトマトどう？　おいしいよぉ‼」という長井の元気な声が聞こえてきた。

クイズかぁ。おもしろそうだな！

ローハンクリーニングの前に到着《とうちゃく》し、自転車を店先に置く。

鍵《かぎ》をかけるかどうか一瞬《いっしゅん》悩《なや》んだけれど、まぁ、すぐにまたもどってくるんだからと思ってそのままにした。

店内に入ろうとして、元《げん》は目を丸くした。

なんとなんと！　そこに、噂《うわさ》の夢《む》羽《う》がいたからである。

2

「茜崎《あかねざき》！」

元が呼《よ》ぶと、夢羽は振《ふ》りかえって、ふわっと笑った。

その笑顔のかわいらしいことと言ったらない。

相変わらずぼさぼさの髪《かみ》は柔《やわ》らかそうに輝《かがや》いているし、色白の彼女《かのじょ》にとってはこの夏の暑さなんて関係ないように思える。

白いシンプルなTシャツに黒いハーフパンツ、赤いラインの入った白いソックスに白のスニーカーというスタイルだ。

シンプルすぎるファッションだけど、夢羽《むう》が着ていると特別なものに思えてくるから不思議だ。

「元《げん》もお使いか?」

「うん。茜崎《あかねざき》も?」

元が聞くと、夢羽は少しはにかんだ顔でうなずいた。

「塔子《とうこ》さんに頼《たの》まれたんだ」

塔子というのは夢羽といっしょに暮らしている叔母《おば》だ。

彼女ならクリーニングに出さないで自分で洗濯《せんたく》してしまいそうな気がするけれど、服によってはクリーニングじゃないとダメっていうのもあるようだしな。

元はそんなことを考えながら自分も春江《はるえ》に持たされた洗濯物を紙袋《かみぶくろ》ごと出した。

「元くん、いらっしゃい。いつもえらいわねぇ!」

ローハンクリーニングのおばさんは満面の笑顔でその洗濯物を受け取った。

茶色に染《そ》めた髪《かみ》をショートカットにしたおばさんで、名前は白木圭子《しらきけいこ》。小学校に上がる前から知ってる。いや、考えてみたら、どこの店の人だってたいがいは知っている。

「はい。元《げん》くん、じゃあ、これねぇ。急ぎだってことだから、あさって……うーん、まぁ、遅《おそ》くっても十七時くらいにはできてるわ」

壁《かべ》にかかったデジタル式の時計を見ながら圭子がレシートを作ってくれた。

「あ、そういえば……茜崎《あかねざき》に伝言あったんだ」

元が言うと、夢羽《むう》は首をかしげた。

でも、こんなところで立ち話する気にもなれない。

外で話すんだなと夢羽も察したようで、大きなビニール袋《ぶくろ》を抱《かか》えて店を出ていこうとした。

「あ、それ、オレが持とうか」

こんなこと、以前の元だったらとてもはずかしくって言えなかったと思う。

でも、夢羽に対してはなぜか素直《すなお》に言えてしまう。というより、華奢《きゃしゃ》な夢羽がこんなに大きなビニール袋を抱えて歩くのなんて見てられないのだ。

なんとか助けになりたいという気持ちのほうが、はずかしいっていう気持ちより強かった。

その辺はさらっと見逃《みのが》してほしいのに、圭子《けいこ》くらいの年頃のおばさんたちは絶対《ぜったい》に見逃さない。

「あら！　感心じゃないの。元《げん》くん、女の子の荷物持ってあげるの？　ナイトねぇ！　ナイト。わかる⁇　騎士《きし》のことよぉ！」

かんべんしてくれぇ‼　ナイトくらいわかるし。

早くこの場から立ち去りたいけれど、夢羽《むう》がまた呼《よ》び止《と》められてしまった。

「ごめんなさいね。夢羽ちゃん、おばさん、数を打ちまちがえちゃったみたい。ちょっとだけ待ってね。あ、ナイトくんももうちょっとだけ待ってねぇ！」

うう、うううぅ。

ナイトくんてなんだよ‼

暑さとはずかしさで顔がまっ赤になる。これをまた見とがめられたりしたら死んだほうがましだから、ドアのほうを向いていた。

……すると、そこにさらに恐《おそ》ろしいことが起きてしまった。

なぜこんな時にみんな大集合するのやら。江口瑠香《えぐちるか》が自動ドアを開けて入ってきたではないか！

彼女《かのじょ》とは保育園《ほいくえん》からの腐《くさ》れ縁《えん》で、元《げん》にとっては天敵《てんてき》のような存在《そんざい》である。

頭の高い位置で髪《かみ》をふたつ結びにしていて、黄色くて丸いプラスチック製《せい》の髪飾《かみかざ》りをつけている。髪飾りと同じ色のTシャツにジーンズのキュロット。日に焼けた顔で目を輝《かがや》かせた。

「あれ？　元に夢羽《むう》。どうしたの⁇」

「い、いや……別にどうもしないよ。偶然《ぐうぜん》ここで今会っただけだし」

元があわてて取りつくろうとしていると、夢羽のレシートを修正《しゅうせい》していた圭子《けいこ》がこっちを向いてニコニコ笑った。

こ、この顔！　またいらないことを言いそうだ！

危険《きけん》を察知して、思わず顔をそむける。

「元くん、もてもてじゃないの！」

やっぱりだ！

なぜそんなにも無神経《むしんけい》なことが言えるんだろうか⁉

案《あん》の定《じょう》、瑠香《るか》は目を丸くした後、大笑い。

「やっだぁ！　おばさんたら、元《げん》くんなんかもてるわけないじゃないの！　それより、これ、さっき電話でお願いしたものです。大急ぎでってママが言ってました」

グサグサと情《なさ》け容赦《ようしゃ》ない言葉が元の胸《むね》に突《つ》き刺《さ》さる。

もててるわけじゃないし、そんなの百も承知《しょうち》だ。元は何も悪くないはずなのに、なぜこんなことを言われなきゃいけないんだ⁉

一刻《いっこく》も早くここを立ち去りたいのだが、夢羽《むう》が動かないことには出ていけない。

彼女《かのじょ》の荷物を持っているわけだし。まさか今さら荷物を返すわけにもいかないだろう。

さすがに圭子《けいこ》もかわいそうだと思ったらしい。

「瑠香ちゃん、そんな言い方ないわよ。元くん、かわいそうでしょ。ほら、夢羽ちゃんの荷物を持ってあげてるのよ⁉　やさしいナイトくんじゃないの」

と、またいらないことを言う。

瑠香《るか》は「ふふん」と鼻先で笑った。

「大急ぎで、……そうねぇ。あしたの午後、うーん、十五時かなぁ？」

圭子《けいこ》はまた壁《かべ》かけのデジタル式時計を見ながらレシートに書きこんでいく。

夢羽《むう》がようやく外に出ようとしたので元《げん》もいそいそと後に続く。でも、瑠香がその背《せ》中《なか》に声をかけてきた。

「ちょっと待って待って！　わたしもいっしょに帰る！」

ううぅ、やっぱりそうなるか。

予想はしていたが思わずため息が出てしまった。

しかもそれをすかさず指摘《してき》された。

「あ！　元くん、今、ため息ついた⁉　ふーんだ！　どうせ夢羽とふたりのほうがいいって言うんでしょ。でも、そんなのだめだめ。夢羽はわたしといっしょに帰るんだもん」

何を張《は》り合《あ》っているのか、瑠香は夢羽と腕《うで》を組み、ずんずん先に行く。

元はうんざり顔で自転車に夢羽の荷物を積んで、ふたりについていった。

ギンギン商店街をまた抜《ぬ》けていく。つまり、ヤオナガの前を通っていくわけで。だったら、今言ったほうがいいなと思い、夢羽《むう》に話しかけた。

「それが……伝言なんだけど」

くるっとふたり同時に振《ふ》りかえる。瑠香《るか》に言ってないのに、彼女《かのじょ》のほうが答えた。

「伝言て何⁉」

「おまえに言ってないよ。茜崎《あかねざき》にだよ」

さも嫌《いや》そうに言うと、瑠香の眉《まゆ》がぐんと上がった。

「何よぉ！　えっらそーに。だめだよ。夢羽のことはわたしを通してもらわないとね！」

「おまえこそなんだ。夢羽のマネージャーかよ！」と言いたいところだが、これ以上言い合いをしてもムダだ。それに、瑠香《るか》相手に勝てるわけがない。

ぐっとこらえて、本題を話すことにした。

「ヤオナガのおじさんが茜崎《あかねざき》に頼《たの》みたいことがあるんだってさ」

「へぇー！　なんだろう⁉」

と、当人より先に口をはさんだのはもちろん瑠香である。

こいつ、いっぺん徹底的《てっていてき》に凹《へこ》ませてやったほうがいいんじゃないだろうか？　そのほうが世のなかのためだ。

いや、自分じゃ無理だろうから、誰《だれ》かに凹ましてもらいたい！

夢羽《むう》のほうは相変わらず無口で、首をかしげるだけだった。それがまた愛らしくってかわいくって、胸《むね》がきゅんとなる。

どうしてこう同じ女の子でちがうんだろうなぁ！

3

「おう、坊主《ぼうず》。さっそく連れてきてくれたか！　ありがとうありがとう！」

長井《ながい》が日に焼けた顔でニカッと歯を見せた。

ついでだから、そのまま三人で長井のところに顔を出したのだ。

もちろん、瑠香《るか》も来てくれとは誰《だれ》も頼《たの》んでいない。

でも、テキパキとその場を仕切っていく彼女《かのじょ》を見て、瑠香も来てくれてよかったかもしれない……と、元《げん》はちらっと考えた。

三人はヤオナガの奥《おく》にある小さな事務室《じむしつ》に通されていた。

小さい頃《ころ》から店には何度となく来ているが、こんなところがあるとは初めて知った。

灰色《はいいろ》の事務デスクがひとつ置かれていて、その横にはコピー機、そして灰色の棚《たな》。段《だん》ボールや書類が山と積まれている。

「狭《せま》いとこですまんねぇ。ま、楽にして楽にして」

長井は椅子《いす》をずりずりと持ってきた。

そして、店で売っていた冷えたジュースを三つ。三人の前に置いたのだ。

「じゃあ、サクラエッグスに負けないようなおもしろくって注目度ナンバーワンなセールをやればいいんですね⁉」

瑠香《るか》が聞くと、長井《ながい》はうれしそうに何度もうなずいた。

「そうそうなんだよ！　ったく、ここの商店街の連中はすっかり弱気になっちまってさぁ。このままじゃ夜逃《よに》げだとか、店たたんで田舎《いなか》に住もうかとか、しみったれたことばっかり言ってんだ。だから、オレぁ、言ってやったんだよ。精一杯《せいいっぱい》やって、それで負けるんなら悔《く》いも残らないが、試合する前から負け宣言《せんげん》で逃げだす計画してんじゃないよってな」

「そうですよ！　わたしたちみんなギンギン商店街で育った子供《こども》たちだもん。ここの商店街が元気なくなったら困《こま》ります！」

瑠香が言うと、長井はものすごく感動したようだった。

「そうかそうか。そう言ってくれるとおじさん、うれしくって涙《なみだ》が出るよ。そうだな。どれだけできるかわからないが、やれるだけはやってみようと思ってね。あんたたちも協力してくれるかい？」

「もちろんです！　夢羽《むう》はすっごく優秀《ゆうしゅう》なんです。きっと楽しくて、注目度ナンバーワンの、考えてくれます。わたしたちも協力するし。ねぇ！　夢羽‼」

瑠香《るか》に言われ、夢羽は困《こま》ったような顔で小さくうなずいた。

「本当か⁉　そりゃぁありがたい‼　おじさん、うれしくなってきたなぁ。そうだ。これも食べてくれ！」

長井《ながい》はお菓子《かし》を出しはじめた。せんべいやチョコレートパイなどだ。

瑠香はさっそくチョコレートパイをつまんだ。

「おじさん、それより期日はいつですか？　いつまでにクイズを考えればいいんですか？　それと、どんなクイズがいいとか、ありますか？」

さすがは瑠香だ。大人相手でもまったく負けてない。

こういうところも元《げん》にはまねのできないところだ。

きっと夢羽だって必要なことは聞いたりできるんだろうけど、今は瑠香にみんな任《まか》せているようだった。

長井《ながい》は自分もせんべいをバリバリ食べ、お茶を飲みほした。

「それがなぁ。申《もう》し訳《わけ》ないんだが、そんなに時間がないんだ。そうだなぁ……せいぜいあと二日ってぇところかなぁ」

「二日!? たった二日しかないんですか!?」

瑠香《るか》が大きな声を出すと、長井は首をすくめた。

「夏のセールのチラシを作るんでね。そこで宣伝《せんでん》したいだろ? チラシを出す締《し》め切《き》りがあさってなんだよ」

「正確《せいかく》には何時ですか?」

ずっと静かに聞いていた夢羽《むう》が口を開いたので、長井は目を見開いた。

そして、すぐにあわてて手帳を見て確認《かくにん》した。

「四時だな。夕方の四時までにって言われてる」

「わかりました。じゃあ、それまでに」

「おおぉ! じゃあ、引き受けてくれるのかい?」

うれしそうに聞く長井に夢羽はにっこり笑った。

「お引き受けしますが……」

「が……⁉」

何を言われるんだろうと、長井《ながい》の目がとまる。

「できたら……でいいんですけど」

「おお、なんでも言ってごらん」

「夏のセール期間って、お祭りみたいなこともしますよね？」

「おお、やるよ。焼きそばや綿《わた》あめの店が出たり、今年は風船の大道芸が来る予定だ」

それは楽しみだ！

しかし、夢羽《むう》はいったい何を言いたいんだろう？

元《げん》も瑠香《るか》も長井も彼女《かのじょ》に注目した。

夢羽ははずかしそうに言った。

「わたし、たこ焼き屋さんやってみたいんです」

「たこ焼き屋さん⁉」

「はい。うちの叔母《おば》が作るたこ焼きがおいしくって、わたしも教えてもらって、最近よく作ってるんです。なかにチーズやお餅《もち》を小さくカットして入れるのがミソです」

これには一堂びっくりしてしまった。

まさかクールビューティな夢羽《むう》にたこ焼き作りの趣味《しゅみ》があろうとは。

長井《ながい》は大きくうなずいた。

「いいよ！　おっしゃ。それじゃあ、おじさんが屋台の準備《じゅんび》をしてやろう。去年の夏のセールの時に商店会で使ったたこ焼き器があるはずだからな。坊主《ぼうず》たちもいっしょに手伝ってくれるな？」

「はい！」

元《げん》がうなずくと、隣《となり》で瑠香《るか》も手を合わせ、目を輝《かがや》かせた。

「もちろん‼　わーい、それは楽しみ。夢羽、今度作り方教えて‼」

「こんなかわいい子たちがたこ焼き屋をするっていうのも売りになるな。うんうん、こいつぁいいい」

長井は大喜びで手帳に書きこんだ。

「それで、どんなクイズでもいいんですか？　何か条件《じょうけん》はありますか？」

夢羽《むう》が聞くと、長井《ながい》は首をひねった。

「うーん、特にはないが、まぁ、あんまりむずしすぎるのもなぁ。適当《てきとう》な感じにしてくれると助かる。大人も子供《こども》も楽しめるとさらにいい」

「そうですか。わかりました。じゃあ、あさっての四時までに」

夢羽はそう言って立ち上がった。

瑠香《るか》も元《げん》もあわてて立ち上がる。

「じゃあ、頼《たの》んだよ！　おじさんたちじゃあ頭かたくってなぁ。なかなかむずしいんだ」

長井に見送られ、元たちはヤオナガを後にした。

「そうだ！　せっかくだから小林《こばやし》君や大木《おおき》君にも手伝ってもらおうよ！　たこ焼き屋さんするって言ったら飛んでくるよ」

瑠香はさっそく、小林聖二《せいじ》と大木登《のぼる》にケータイで電話した。

ふたりとも家にいて、すぐ来るという返事。夢羽の家に集合しようということになった。

★どんなクイズにするのか⁉

1

「さてとー！　どんなクイズにするの？　元君《げんくん》、お得意のなぞなぞとか⁉」

瑠香《るか》に聞かれ、元はびっくりしたが、悪い気はしなかった。

自分の考えたなぞなぞが採用《さいよう》されたりしたら、春江《はるえ》たちも驚《おどろ》くだろう。いやいや、悪い気はしないどころじゃない。すっごいうれしい‼

ここは夢羽《むう》の家。

みんなで集まって、さっそく作戦会議だ‼

ドキドキしながら夢羽の反応《はんのう》を待っていると、彼女《かのじょ》は首をかしげた。

「ただのクイズじゃなくて、この商店街にちなんだものにしたいな」

「なるほど。それはいいね！　できれば商店街を歩いて回れるようなクイズだといいなぁ」

と言ったのは小林《こばやし》だ。

別に自分からなぞなぞを考えたいと言ったわけではないのに、元《げん》はちょっとがっかりしてしまった。

でも、そんなのは絶対顔に出さない。だから、

「オレ、元のなぞなぞ、むずかしくってわからないからなぁ。あんまりむずかしいのは困《こま》るってヤオナガのおじさん、言ってたんだろ?」

大木《おおき》がそう言ってくれたのは決してフォローするためではないはずだ。

元がちょっと落ちこんだりがっかりすることがあると、なぜかいつも大木がナイスなフォローをしてくれる。それも、本人、気づかずに、だ。

元は大木の肩《かた》をポンとたたき、にこっと笑いかけた。

大木はよくわからないまま、塔子《とうこ》の出してくれた手作りクッキーを頬張《ほおば》った。

夢羽はギンギン商店街マップをテーブルに広げた。

これはヤオナガのおじさんからもらったものである。

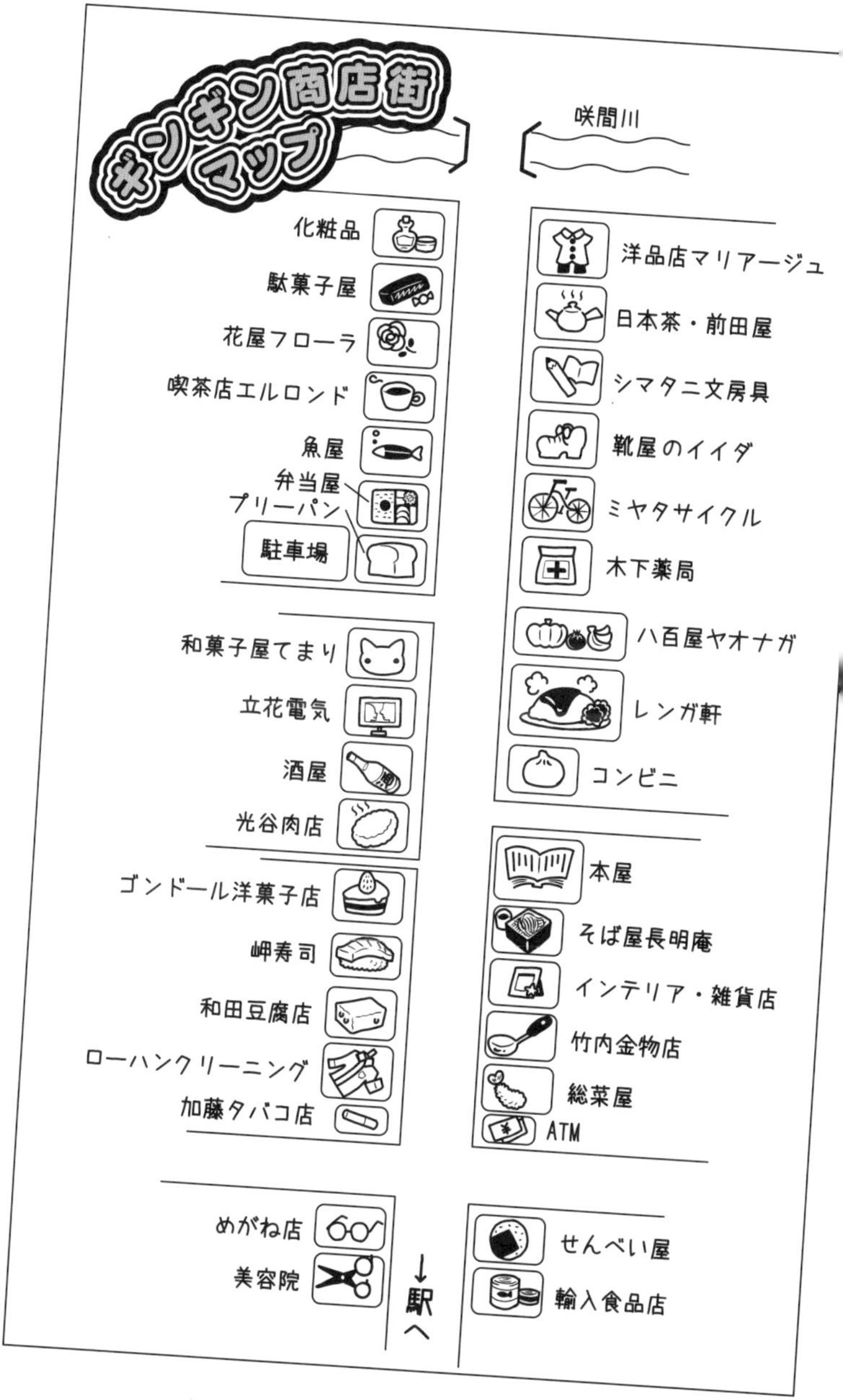
ギンギン商店街マップ
咲間川
化粧品
駄菓子屋
花屋フローラ
喫茶店エルロンド
魚屋
弁当屋
プリーパン
駐車場
和菓子屋てまり
立花電気
酒屋
光谷肉店
ゴンドール洋菓子店
岬寿司
和田豆腐店
ローハンクリーニング
加藤タバコ店
めがね店
美容院
洋品店マリアージュ
日本茶・前田屋
シマタニ文房具
靴屋のイイダ
ミヤタサイクル
木下薬局
八百屋ヤオナガ
レンガ軒
コンビニ
本屋
そば屋長明庵
インテリア・雑貨店
竹内金物店
総菜屋
ATM
せんべい屋
輸入食品店
↓駅へ

楽しいイラストマップで、どこに何の店があるかが一目でわかる優《すぐ》れものだ。

「すべてのお店は無理だけど……このうちの何軒《なんげん》か、実際《じっさい》に行ってみてクイズを出してもらうとかよくない？」

瑠香《るか》が言いだした。

「どういうこと？」

小林《こばやし》が聞くと、彼女《かのじょ》はマップに描《か》かれたそば屋《や》の長明庵《ちょうめいあん》を指さした。

「うーん、たとえば……これはほんとにたとえばだけど。長明庵に行って、おそばを食べると、キーワードをひとつ教えてもらえるの。で、次はどこかのお店でやっぱり何かすると、またキーワードを教えてもらって。全部つなげて組み合わせると、何かの言葉になってて。それが答えっていうのどう？」

「いいねぇ。でも、おそばは食べなくっていいんじゃないか？　わざわざそのために買い物しなきゃいけないってなると大変だし、お店によって不公平になるだろ」

小林が言うと、瑠香は首をかしげた。

「不公平になるって？」

「だって、全部の店に行くわけじゃないんだから、特定の店でだけ買い物したり、食べ物や飲み物を注文したりってなったら不公平じゃないか。他の店から苦情《くじょう》が出るかもしれない」

たしかに。

いいアイデアだと思ったけれど、そうなると、クイズの対象じゃない店はおもしろくないだろう。

瑠香《るか》は、はぁぁっとため息をついた。

「いいかなって思ったんだけどなぁ……だって、ただのクイズじゃなくって、ギンギン商店街ってこんなお店もあったんだなって思い出してほしいんだもん」

ついこの前、新しくできたサクラエッグスが楽しいとワアワア言ってたくせにと、元はおかしくなった。

すると、ずっとだまってマップを見ていた夢羽《むう》が顔を上げた。

「でも、いろんな店を回っていかないと解《と》けないクイズというのはいいアイデアだと思う」

「でしょー!?　そうよそうよ。そんな苦情《くじょう》なんか言わせなければいいのよ‼」

とたんに瑠香《るか》が勢《いきお》いづく。

夢羽《むう》は再《ふたた》びマップを見ながら言った。

「そう……本当なら、協力してもらえる店を探《さが》したり、調整したりすればいいんだろうけど、時間がないし」

そう、あと二日しかないのだ。

全部の店に聞いてまわって、協力してもらえるかどうか交渉《こうしょう》する時間はとてもないだろう。

「だけど、ここで話しているより、実際《じっさい》に商店街を歩いたほうがいいと思う。ヒントが転がってるかもしれないよ」

と言ったのは小林《こばやし》だ。

「でも、もうこんな時間だもんね。わたし、ピアノのレッスンがあるし」

瑠香が残念そうに言う。

たしかに、窓《まど》から差しこんでくる光は夕方の色をしている。

「オレも塾《じゅく》があるんだ」

と、大木《おおき》。

「じゃあ、あしたの朝、商店街に行こう。あさっての夕方までだしなんとかなるって」

小林《こばやし》が言うと、みんなも同時にうなずいた。

すると、急に大木がテーブルに両手をドンとついて立ち上がった。

「そうだ‼」

「え？」

「なになに⁉」

みんなが注目する。彼《かれ》はものすごく真剣《しんけん》な顔で言った。

「今なら『てまり』で新作まんじゅうの試食やってるんだ。かあちゃんが言ってた‼」

てまりというのは和菓子《わがし》屋さん。

がくがくがく……。

まんじゅうの話かい‼

2

考えてみれば、転校してきた夢羽《むう》以外の四人は子供《こども》の頃《ころ》から……いや、赤《あか》ん坊《ぼう》の頃からお世話になってきた商店街だ。

どの店の人ともだいたい顔なじみだ。夏祭りの時には子供みこしをかつぎ、町内を練り歩いた。そんな時にお世話をしてくれたのが商店街の人たちだった。

冬のマラソン大会の時は、必ずギンギン商店街を通っていく。店から出てきていっぱい声援《せいえん》を送ってくれる。

誕生日《たんじょうび》の時にケーキを頼《たの》むのは、ゴンドール洋菓子《ようがし》店と決まっている。いちいち言わなくっても「元くん、今年で八歳《さい》だったかしら？」などと言ってくれる。

今でこそいろんなところに大きなドラッグストアがあるけど、子供の頃、薬屋といえば木下薬局《きのしたやっきょく》のことだった。商店街を歩いていて、いきなり鼻血が出てしまった時、おばさんが飛んできてくれて、鼻にティッシュを詰《つ》めてくれたっけ。

大型スーパーも便利だし、いろいろあって楽しいけど。商店街だって、いつまでも元気で活気があってほしい。

でも、両方とも繁盛《はんじょう》してほしいと思うのはむずかしい話なんだろうか。

その日の夜、元《げん》はぼんやりそんなことを思いながらリビングのソファーで爪《つめ》を切っていた。

「ちょっとぉ。切った爪をそのへんに散らかさないでよ」

春江《はるえ》の声が背中《せなか》に飛んでくる。

そんなことは言われなくたってわかっている。それに、爪切りだって、ちゃんと切った爪をためておけるところもあるんだから。

ぷーっとふくれた顔で春江を見ると、彼女《かのじょ》は鼻歌まじりにテーブルの上をふいていた。

どうやらいいことがあったらしい。

「お？　ママ、機嫌《きげん》がいいな」

風呂《ふろ》上がりの、元の父、英助《えいすけ》がどかっと元の隣《となり》に腰《こし》を下ろした。

大きな音をたて新聞を広げる。

「ママね、サクラエッグスの商品券《しょうひんけん》当たったんだよー」

テーブルに妹の亜紀《あき》がミルクを運びながら言った。

「へぇー！　そいつぁめでたい。当たったってどういうことだ？」

新聞を読みながら英助《えいすけ》が聞くと、春江《はるえ》はテーブルに置いたランチョンマットを整えながら答えた。

「それがね。きょう、亜紀といっしょに買い物行ったの。ほら、あなたのシャツを買いに」

「そっか、ありがとう」

「ま、そっちはいいのなかったんだけどね」

「なかったんかい!!」

夫婦《ふうふ》の会話というより、これではまるで漫才《まんざい》コンビだ。

「で、亜紀のサンダルでも見に行こうと思ったら、『アンケートに協力してください』って、やっててさ。なんと！　ほら！　これ」

春江はわざわざ財布《さいふ》を出して、そこから商品券《しょうひんけん》を取りだして見せた。

二千円の商品券だった。

「ちぇ、二千円の商品券《しょうひんけん》当たったくらいで鼻歌歌えるってぇのは幸せだなぁ」

英助《えいすけ》が苦笑すると、春江《はるえ》は財布《さいふ》に商品券をもどしながら流し目をした。

「そりゃあねぇ！　こういうのは金額《きんがく》じゃないのよ。気持ちなの、気持ち」

「うん、それにね。サイコロ振《ふ》ったんだよ。亜紀《あき》が振ったの」

亜紀がうれしそうに言う。

「サイコロ？　どういうことだよ」

興味《きょうみ》を引かれ、元《げん》が聞くと、亜紀は得意げにサイコロを振るジェスチャーをした。すると、春江が代わりに答えた。

「サイコロ二個《こ》振って、出た目の合計で賞品が決まるのよ。『2』だったら二千円の商品券、『3』だったらティッシュ、『4』だったらビール券二枚とかね」

「へぇー！　そいつぁおもしろいな。一番よかったのはなんなんだい」

英助も興味《きょうみ》がわいてきたようだ。

「一番は『12』の旅行券ね」

「旅行券!?　すげえなぁ。サクラエッグス、がんばるねぇ」

「ううん、それで当たるわけじゃなくって、挑戦権《ちょうせんけん》をゲットできるってわけ」

「なんだ、そりゃそうか」

「うんうん。で、もう一度サイコロ二個振《ふ》って、連続で『12』を出した人は旅行券《りょこうけん》一万円がもらえるのよ！　でも、それ以外だったらティッシュだけ」

それはおもしろい。

そんなゲームみたいなのだったら白熱するだろう。

「そうかぁ……敵《てき》もがんばってるんだな。こっちも負けないでやらなきゃ」

ついそうつぶやくと、英助《えいすけ》がすぐに聞いてきた。

「ん？　敵ってなんだよ。戦ってるのか？　サクラエッグスと」

言いながらクスクス笑っている。

元《げん》は笑い事じゃないんだという顔できょうのことを説明した。サクラエッグスができたせいで、売り上げががた落ちになってしまって元気のない商店街を活気づかせようと、ヤオナガのおじさんたちは必死なんだということ、夏のセールにクイズを出そうというアイデアがあって、夢羽《むう》に頼《たの》んできたということなどだ。

すると、春江《はるえ》はお茶をいれながら苦笑した。

「それは……たしかにギンギン商店街にとっては大打撃《だいだげき》でしょうねぇ。何しろ、大手は資本《しほん》がちがうもの。たくさんのものを一気に仕入れれば安くなる。安く仕入れればそれだけ安く提供《ていきょう》できるでしょ。消費者なんて現金《げんきん》なものよ。少しでも安いところへ買いに行くもの」

さすが主婦《しゅふ》らしい意見だ。

でも、それじゃあまりに冷たいじゃないか。これまでさんざん親《した》しんできた商店街なのに。

しょんぼりしてしまった元《げん》を見て、英助《えいすけ》が元の肩《かた》をポンとたたいた。

「おまえがそんな顔しててどうする。いろいろ大変かもしれないけど、ヤオナガのお

じさんたちはがんばろうとしてるんだろ？　そりゃ大型店には大型店のよさがある。でも、それしかない街《まち》なんてあるか？　オレは嫌《いや》だなぁ、そんな街。銀杏《いちょう》が丘《おか》らしくないだろ？」

「それはそうねぇ。それに、わたしだってコロッケ買うならギンギン商店街がいいわ。あと、魚買う時も、そうねぇ。クリーニングも結局、商店街のにしてるし。サクラエッグスにもあるから、そっちに出してもいいんだけどねぇ」

と言う春江《はるえ》に、元《げん》は一所懸命頼《いっしょけんめいたの》んだ。

「これからも商店街のローハンクリーニングにしてよ。オレもお使いに行くし！」

「あらら。どうしちゃったのかしらねぇ、この子。急に郷土《きょうど》愛に目覚めちゃったの？」

春江は笑いながらお茶を飲んだ。

「まぁ、せっかくのチャンスなんだ。楽しんで協力できるといいな」

英助《えいすけ》はそう言うと、両手を高く上げ、大きく伸《の》びをした。

よーし！　こうなったら、みんながびっくりするようなおもしろいクイズを考えなくっちゃ。大人も子供《こども》も楽しめて、そんなにむずしすぎないけど、簡単《かんたん》すぎないような。

そんでもって、ギンギン商店街のあちこちを歩いて回らなくちゃ解《と》けないような、そういうやつだ！

3

朝からアブラゼミが電柱にはりついて、ジリジリと鳴いている。

カーッと厳《きび》しい日差しが商店街に降《ふ》り注《そそ》いでいたが、風がけっこう吹《ふ》いているのが救いだった。

元《げん》、夢《む》羽《う》、瑠《る》香《か》、小林《こばやし》、大木《おおき》……この五人は朝の十時に、咲《さく》間《ま》川《がわ》に近いほうの商店街の入口で待ち合わせた。

どんなクイズにするかは、これから商店街を回って決めようということだった。でも、きっと夢羽のことだ。だいたい目星はつけているんだろう。

「おはよう！」

「暑いねー」

小林《こばやし》と大木《おおき》がやってきたが、大木はすぐさま「サイダー飲みたいなぁ……」と言いだした。

「おいおい、今から飲んでちゃすぐバテるぞ」

元《げん》が言うと、大木はげんなりした顔でしぶしぶあきらめた。

しばらくして、夢羽《むう》と瑠香《るか》もやってきた。


みんなと歩きながら、店の名前を書きとめたり、店の人にいろいろ質問《しつもん》したりしていた。

入口から二軒《けん》目。洋品店マリアージュの隣が前田屋《まえだや》。日本茶の専門《せんもん》店で明治からやっているという老舗《しにせ》だ。前に立っただけで、ぷーんとお茶のいい香《かお》りに包みこまれる。

ふだんはお茶よりジュースやサイダーのほうが好きだが、こういう香りをかぐと、日本人だなぁっていう気分になれる。

店の入口に『創業《そうぎょう》明治十年・前田屋』と書かれた看板《かんばん》があった。

「瑠香ちゃん、お友達と遊びに行くの？　暑いから気をつけてね」

前田屋《まえだや》のおばさんがやさしい笑顔で声をかけてきた。名前は前田純子《まえだじゅんこ》。

瑠香《るか》の祖母《そぼ》は昔からここでお茶を買っている。瑠香の母はここで買うと決めているわけではないのだが、小さい頃《ころ》、祖母や祖父《そふ》に連れられて買い物によく来ていたから顔見知りなのだ。こうして声をかけてくれるというのはうれしいものだ。

「おばさん、こんにちは！　実は商店街の夏のセールのね、クイズを考えるようにヤオナガのおじさんに頼《たの》まれたの。それでこうして歩いてるんだけど、おばさんのお店の目玉商品とかってない⁇」

「えええ⁇　目玉商品ですって⁇」

急にそんなことを聞かれて、純子は目を丸くした後、笑いだした。

「そうねぇ。うちはただのお茶屋だから、目玉商品と言われてもねぇ……」

片頬《かたほお》に手を置き、首をかしげている。

「おばさん！　そんなのんきなこと言ってるから、サクラエッグスに負けちゃうのよ！　もっと老舗《しにせ》らしい何か、なんかないの⁉」

おいおい、そんなこと言って失礼じゃないのか？

元《げん》は横で聞いていてハラハラしてしまった。

でも、それはいらぬ心配だったようだ。

「たしかにね。瑠香《るか》ちゃんの言う通りだわ。うちのおじさんなんて、サクラエッグスみたいなところで売ってるお茶がおいしいわけない！　だからあせったりしなくたっていいんだなんて言って、すぐパチンコ行っちゃうの。あれじゃダメよ。同じお茶なんだもの。お客さんだって安いほうに行ってしまうわよね。そうじゃなくって、何かうちでしかないもの……考えなくっちゃ」

純子《じゅんこ》はちっとも怒《おこ》るわけではなく、店のなかを見回しはじめたからだ。

前田屋《まえだや》から出ると、午前中の陽光が再《ふたた》び元たちを照らした。

「あっちー！」

大木《おおき》が汗をふきながら空を見る。

前田屋の隣《となり》は文房具《ぶんぼうぐ》店のシマタニ文房具。地元の小学生なら絶対《ぜったい》に知っている店だ。

元たちもしょっちゅう来ている。

「いらっしゃい！」

眼鏡《めがね》をかけたおばさんが声をかけてくれた。シマタニ文房具《ぶんぼうぐ》の店主の奥《おく》さんで、店番をしている島谷政子《しまたにまさこ》である。

「どうしたの？　おそろいで。夏休みの宿題でもやるの？」

ここは文房具類だけでなく、漫画《まんが》や子供《こども》向けの雑誌《ざっし》、本なども売っている。立ち読み中の子供がちらほらいるけれど、政子は怒《おこ》ったりしない。

前田屋《まえだや》のおばさんに言ったように瑠香《るか》はまた同じ説明をした。

サクラエッグスの話を聞いたとたん、政子の顔がくもった。

「あそこねぇ。困《こま》っちゃうのよぅ。ものすごく品ぞろえがよくってねぇ。文房具売り場だけでうちの三倍くらい敷地《しきち》面積あるもの。ほんとに困っちゃうわぁ。瑠香ちゃんたちもあっちで買ってるんでしょう？　まぁね、そりゃそうだと思うわ。おばさんだってそうするもの」

……と、なんともネガティブな言い方である。

元《げん》たちはどう言ったらいいかわからず顔を見合わせた。

すると、政子《まさこ》も自分が小学生の子供たちを困らせているのがわかったのか、苦笑いをした。

「ごめんごめん。こんなこと瑠香《るか》ちゃんたちに言っても困《こま》るだけよねぇ！」

「そうよ‼　商店街も一致団結《いっちだんけつ》してがんばらなくっちゃ！」

瑠香が言うと、政子はまたも顔をくもらせた。

「まぁねぇ。本当はそうなんでしょうけどねぇ……なかなかむずしいのよねぇ」

と、そこに髪《かみ》を茶色に染《そ》め、きゅっと後ろで結んだおばさんがやってきた。

「ねぇねぇ、島谷《しまたに》さん、どうしてこの前の集会来られなかったの⁇　あの時にちゃんと決めようって言ってたのに」

元《げん》はそのおばさんを見てどこかで見たことがあるなと思った。

すると、大木《おおき》が「あ、プリーパンの！」とつぶやいたので、すぐ思い出した。

彼女《かのじょ》はプリーパンというパン屋のおばさんで、古田秋江《ふるたあきえ》という。

「行ったわよぉ。でも、もうみんないなかったのよ」

政子がむすっとした顔で答える。秋江はびっくりして聞き返した。

「うっそ。ほんとに⁉　あなた何時に来たの？」

「四時よ」

「やだ！　ちょっとぉ、二時からやってたのに、四時じゃさすがにもう帰っちゃってるわよ。店だって忙《いそが》しくなるしさぁ」

「そうそう。わたしもおかしいと思ったの。どうして四時なんて時間なんだろうって。商店会の集まりっていえば二時か三時じゃない？」

ふたりは元《げん》たちのことを無視《むし》してしゃべり続けた。

その話から、シマタニ文房具《ぶんぼうぐ》の政子《まさこ》はギンギン商店街の店主たちで構成《こうせい》されているギンギン商店会の集まりに出席できなかったんだということがわかった。

それもただ始まる時間を二時間まちがえていたというだけで。

「圭子《けいこ》さん、もしかしてわざとわたしに嘘《うそ》教えたんじゃないかしら」

政子は大きくため息をついた。

「まっさかぁ‼　圭子さんて、クリーニングの？」

秋江《あきえ》は大きな声をあげたが、すぐに声をひそめた。

「そんなぁ。どうして嘘《うそ》を。ほんとに、圭子《けいこ》さんから四時だって聞いたの？」

「そうよ。ほら、メモもしてあるもの」

政子《まさこ》はレジ横に置いてあったメモを見せた。

秋江《あきえ》はそれを見て腕組《うでぐ》みをした。

「困《こま》ったわねぇ。まるで小学生みたいじゃないの。そんな意地悪！　わたし、言ってきてあげる」

するとと、政子は大あわてでそれをとめた。

「だめだめ。そんなこと絶対《ぜったい》しないで。他の人にも言わないでよぉ！　いやよ、そんなことで、もめるの。わざとちがう時間を言うような人でしょ。何されるかわかったもんじゃない」

「でもねぇ。こういうことはちゃんと言ったほうがいいんだけどねぇ！」

「だめだめ」

などと、ふたりは元《げん》たちそっちのけでおしゃべりばかりしている。

元たち以外にもお客さんはいるというのに。こんなことだから、大型スーパーにおびやかされてしまうんだ。元《げん》は内心ため息をついた。

4

それにしても、商店会の会合の始まる時間、嘘《うそ》を教えるだなんて。あのローハンクリーニングのおばさん、本当にそんなひどいことしたのかな。

元は信じられない気持ちでいっぱいだった。

もちろん、政子《まさこ》だってわざとそんなことを言ってるとは思えない。

でも、最初は憶測《おくそく》だけだったのに、今やそれが本当のことのように話している。

「きっと何かの勘《かん》ちがいなんじゃないかなぁ……」

ぼそっとそうつぶやくと、夢羽《むう》が隣《となり》で「そうだよ」とはっきりした口調で言った。

「え⁇」

びっくりして聞き返すと、彼女《かのじょ》は元ではなく政子のほうにツカツカと歩いていった。

あまり話したこともないような美少女の夢羽にまっすぐ見つめられ、政子は目をまん丸にした。

「は、はい？　何か⁉」

「あの、今の話なんですけど」

「今の話って⁇　ああ、サクラエッグスのこと？　それともクイズのこと？　わたし、よくわかんないわぁ。クイズだなんて言われたって……」

政子《まさこ》が首をかしげると、夢羽《むう》は静かに……しかし、芯《しん》の通った声で言った。

「いえ、そうじゃありません。商店会の会合が始まる時間をローハンクリーニングのおばさんがわざとちがう時間で教えたんじゃないかという話です」

すると、政子はぎょっとした顔になった。

「あら、やだ。話、聞いてたのね」

聞いてたも何も、目の前で大きな声でしてたじゃないかと元《げん》は思った。

「いやぁねえ。子供《こども》がそんな話に首突《つ》っこむもんじゃないわよ」

秋江《あきえ》が細い眉《まゆ》をひそめる。

でも、夢羽はまったく動《どう》じずに続けた。

「すみません。でも、それ、たぶんおばさんの勘《かん》ちがいだと思います。ローハンクリーニングのおばさんは正確《せいかく》な時間を教えてます」

「な、なんですって⁉　あ、あのねぇ。そんなこと、どうしてわかるの。ほら、ここにメモもあるんですからね！」

政子《まさこ》がメモを差しだすと、秋江《あきえ》が彼女《かのじょ》をなだめた。そして、夢羽《むう》に注意したのである。

「奥《おく》さん、子供《こども》の言うことだから気にしちゃだめよ。ほら、あなたもいいかげんなこと言うのやめなさい。大人の話に聞き耳立てたりして、いったいどういう躾《しつけ》されてるんでしょうねぇ」

と、ずいぶんな言い方だ。

正義《せいぎ》感の強い瑠香《るか》が頬《ほお》をふくらまし、抗議《こうぎ》した。

「ちょっと待ってください。おばさんたち、ひどい。わたしたちがいるのわかってて、おしゃべりばかりしてたの、おばさんたちじゃないですか。他にもお客さんいるのに。そんなことだから、サクラエッグスにお客さん取られるんですよ。夢羽はいいかげんなこと言う子じゃないです。ちゃんと聞いてください」

うわぁぁ、言うなぁ！　あいかわらず。瑠香《るか》は大人相手でもまったく遠慮会釈《えんりょえしゃく》しない。

それに、言ってることもまちがっていない。政子《まさこ》も秋江《あきえ》も顔をしかめるしかなかった。

ふたりは夢羽《むう》がどれだけ天才的な探偵《たんてい》なのかを知らないんだからそれもしかたないだろう。

「それ、四時じゃなくて、十四時と書くべきだったんです」

と、夢羽が政子のメモを指さして言った。

「え⁇」

政子は驚《おどろ》いて、メモを見返した。

夢羽の隣《となり》で、小林《こばやし》が「ああ！　なるほど‼」と声をあげた。

なんだなんだ。

元《げん》が不思議そうにしていると、小林が説明した。

「つまり、『十四時に集まります』と言われたのを『四時に集まります』って言われたんだと聞きまちがえたってことだよ」

「あああ！　そっかぁ！　それ、あるかも‼」

と言ったのは瑠香《るか》だった。大木《おおき》もわかったようだ。

そうか。午後二時のことは二十四時間表記では十四時と言う。昼の0時のことは十二時、午後一時のことは十三時というぐあいだ。

　十四時にと言われて、午後四時だと聞きまちがえたんだろうってことか。
「で、でも、ふつう、十四時になんて言うかしら」
　政子《まさこ》がまだ不服そうなので、夢羽《むう》は説明を補足《ほそく》した。
「きのうローハンクリーニングに行ってきたんですが、おばさんは品物の受け取り時間を二十四時間表記で言ってました。だから、いつものくせでそう言われたんじゃないですか？」

すごい‼

さすがは夢羽《むう》だ。そんなことすっかり忘れていたが、そう言われてみればたしかにローハンクリーニングではいつも二十四時間表記で言ってたっけ。

「いやだ……そ、そうかもしれないわね。わたしが聞きまちがえたみたい」

政子《まさこ》はまっ赤な顔で気まずそうに笑った。

秋江《あきえ》もどう言っていいかわからず、「そ、それじゃ、わたし、お店にもどるわね。また連絡《れんらく》するから！」と言って、そそくさと出ていってしまった。

あれだけえらそうにしていた大人ふたりが一瞬《いっしゅん》で降参《こうさん》したのを見て、元《げん》たちは気分爽《そう》快《かい》である！

ま、ちょっと考えればわかることなんだろうが、意地悪されたんだと思いこんでいたら、なかなか気づかないものなのかもしれないな。

なんだ。大人といっても、オレたちとたいしてちがわないじゃないか。

元はつくづくそう思った。

その後、花屋のフローラや靴屋《くつや》のイイダ、喫茶店《きっさてん》にも行った。

エルロンドという名前の喫茶店で、店に入るなりコーヒーのいい香《かお》りがした。

こぢんまりした店内で、茶色っぽい革張《かわば》りのソファーや木製《もくせい》の古いテーブルや椅子《いす》が置かれている。

銀髪《ぎんぱつ》のおじさん、広川彦一《ひろかわひこいち》はカウンターのなかで黒いエプロンをかけ、コーヒーをいれているところだった。

「おや、いらっしゃい。おそろいでどうしたんだい？」

広川に説明をすると、顔にいっぱいしわを寄《よ》せて、カウンターの前に並《なら》んだ椅子《いす》にすわるよう言った。

「そいつぁご苦労様だねぇ。はい。これはおじさんからのおごりだ。で、いったいどんなクイズにするつもりなんだい？」

元《げん》たちの前にオレンジジュースを置いてくれた。

キンと冷えていてのどごしがすっきり。ちょうどのどがかわいていたから、ものすごくうれしかった。

「おじさんは子供《こども》の頃って、何か得意な遊びありましたか?」

夢羽《むう》が唐突《とうとつ》に質問《しつもん》した。

広川《ひろかわ》はびっくりして、目をぱちくりしていたが、しばらく考えて答えた。

「そうだなぁ。けん玉は得意だったぞ。あとはメンコかなぁ」

「そうですか。わかりました。では、もし、今後誰《だれ》かが質問《しつもん》に来たら、そう答えていただけますか?」

「そう答えるって?」

「ですから、『おじさんは子供の頃《ころ》何が得意でしたか?』と聞かれたら『けん玉とメンコだった』と答えてほしいんです」

「あ、ああ……そりゃあ、お安い御用《ごよう》だが。誰《だれ》が質問《しつもん》に来るんだい?」

「それはまだわかりませんが……」

「ふむぅ」

何が何やらわからず、広川はしきりと首をかしげていた。

首をかしげていたのは、元《げん》たちも同じだ。いったい夢羽は何を考えているんだろう⁉

★クイズを作ろう!

1

次は洋食屋のレンガ軒《けん》。ここは昔なつかしい味の洋食屋さんとして、以前テレビでも紹介《しょうかい》された店である。

有名なのはトロトロの半熟卵《はんじゅくたまご》がおいしいオムライス、そして手ごねハンバーグ。どちらも特製《とくせい》のケチャップソースをかけて食べる。

そのソースがまた絶品《ぜっぴん》なのだ。

シェフの城島良一《じょうしまりょういち》がわざわざ出てきて夢羽《むう》たちの話を聞いてくれた。

ヤオナガの長井《ながい》から話は聞いていたらしい。

「まぁ、とにかくね。せっかく行列ができるほどの評判《ひょうばん》だったのに、あのサクラエッグスにできたレストラン街、あそこね。あれにお客を取られてしまってるんだよね。悔《くや》しいじゃないのぉ」

色白の城島《じょうしま》は話し方がちょっとおばさんぽい。それがおもしろくって、元《げん》と大木《おおき》は笑いだしそうになるのを必死にがまんした。

そう、サクラエッグスにはレストラン街もある。まだ入ったことはないが、どんな店があるんだろう。ちょっと行ってみたいかも。

大木も同じことを考えたんだろう。目がハートマークになって、心なしか息づかいも荒《あら》い。

その後、和菓子屋《わがしや》、電気屋、酒屋……などなどを回っていった。商店街は本当にいろいろな店がある。

「てまり」という名前の和菓子屋は、その名前の通りに手鞠《てまり》の絵が描《か》かれたのれんが入口にかかっている。

まっ白で大きな猫《ねこ》がのっそりと店の前を歩いていて、瑠香《るか》の目が輝《かがや》いた。

「かわいい‼　この子ね、ここのお店のアイドル猫ちゃんなんだよ。ゆきみちゃんて名前なんだ。ね！　ゆきみちゃん」

ゆきみちゃんと呼《よ》ばれた白猫《しろねこ》は「んにゃ」と、その体に似合《にあ》わずとてもかわいらしい声で鳴いた。

目が薄《うす》いブルーで本当にきれいだ。

ごろんと横になって、そのまま毛繕《けづくろ》いを始めた。

「ほんとに大福餅《だいふくもち》みたいな猫だなぁ」

大木《おおき》は猫の背中《せなか》をなでながら言った。

立花電気《たちばなでんき》には、狭い間口にオーブンレンジや冷蔵庫《れいぞうこ》、洗濯機《せんたくき》、食器洗《しょっきあら》い機、空気清浄機《せいじょうき》などの電化製品《せいひん》が並んでいる。

特に季節柄《きせつがら》、エアコンには力を入れているようで『もうすぐ夏！　エアコン工事、今ならすぐ！』という目立つ看板《かんばん》があった。

「もうすぐ夏って……とっくに来てるよね」

瑠香がその看板を見上げて言った。

「まぁ、この看板作ったのってだいぶ前だと思うよ」

と、小林《こばやし》が苦笑いをする。

そんな話をしているところに、隣《となり》のクラスの光谷瑛里沙《みつやえりさ》が声をかけてきた。

「あら？　あんたたち、みんなでどうしたの？」

女の子らしい服が好きなんだろう。ピンク色のフリルがついた半袖《はんそで》のTシャツを着ていて髪《かみ》にも同じような色の髪留《かみど》めをつけていた。

ちょっとつり目の彼女《かのじょ》は光谷肉店《にくてん》の長女である。

「今ね、ヤオナガのおじさんに頼《たの》まれて、ギンギン商店街にちなんだクイズ考えてるとこなんだ。瑛里沙ちゃんちにも行くところだよ」

瑠香《るか》が言うと、瑛里沙は目をさらにつりあげた。

「じゃあ、おいでよ。ママたちに言ってあげる」

みんなでぞろぞろついていく。

光谷肉店は手作りのコロッケがおいしいことで有名だ。

瑛里沙の母親、志真《しま》が作ったコロッケは毎日たくさん揚《あ》げられ、ほとんど売り切れてしまう。

今もジュージューといい音がして、むわーっといい香《かお》りがした。

「う、うまそう‼」

大木《おおき》の目がまたまたトロンとなっている。

「ママ、学校の友達」

瑛里沙《えりさ》が言うと、白い三角巾《さんかくきん》を頭につけ、エプロン姿《すがた》の志真《しま》は顔中笑顔になって迎《むか》えてくれた。

「みんな見たことある顔ばかりね。はい、これおばちゃんからのおごりよ。食べてって！」

なんとなんと‼

志真は作りたてのコロッケをひとりひとつずつご馳走《ちそう》してくれたのである。

これにはみんな大感激《だいかんげき》だ。

あつあつのコロッケにソースをかけて、はふはふ言いながら食べる。こんなに幸せなことはないと、大木は心の底から思った。

「やっぱりここのコロッケが一番おいしいね！」

瑠香《るか》がそう言うと、志真はうれしそうに笑ったが、すぐそのふくよかな顔をくもらせた。

「でも、最近ねぇ。サクラエッグスのお総菜《そうざい》コーナーが人気でねぇ。そこにもコロッケあるのよ。うちより安く」

あぁ、ここでもサクラエッグスの影響《えいきょう》があるのか。

困《こま》ったもんだ。でも、みんな安くておいしいほうに行くもんなぁ。

その後、ゴンドール洋菓子《ようがし》店、そば屋の長明庵《ちょうめいあん》、寿司《すし》屋の岬《みさき》寿司、豆腐《とうふ》屋の和田《わだ》豆腐店などなど、ほとんど全ての店を回って歩いた。


一通り回った後、夢羽《むう》の家へ行くことになった。

いよいよクイズ制作《せいさく》なのだ‼

小高い丘《おか》にある、まるで遊園地にあるお化け屋敷《やしき》のような古い洋館。庭も荒《あ》れているし、ぐるっと周りを囲む石造《いしづく》りの塀《へい》もところどころ壊《こわ》れている。

そんな屋敷のなかで、瑠香《るか》の声が明るく響く。

「それにしても、こうして歩いてみると、ほんとにいろんな店があるんだね。ふだんなんにも考えずに歩いてるからわからなかったけど」

「うん、ほんとだな。でも、どの店も知ってるっていうのがまたすごいよな」

元《げん》は塔子《とうこ》が出してくれたクッキーを頬張《ほおば》りながら言った。

大木《おおき》は隣《となり》で両手にクッキーを持ち、次にどれを食べようかと真剣《しんけん》に悩《なや》んでいる。

彼《かれ》らのいるテーブルより少し離《はな》れた場所に大きな猫《ねこ》が長々と寝《ね》そべっていた。夢羽《むう》のところで飼《か》っているラムセスという大型猫だ。

美しい斑点模様《はんてんもよう》で、まるで豹《ひょう》のように見える。

彼は元たちのようすをちらっと見て、満足したように目を閉《と》じた。

「ところで、どういうクイズにしようと思ってるんだ？　プランはあるんだろう？」

小林《こばやし》が聞くと、夢羽はにっこり笑ってみんなを見た。

「クロスワードパズルにしようと思ってる」

「なるほど。それはいいね。問題用紙の裏《うら》とかにギンギン商店街のマップつけよう！」

小林が言うと、みんなもすぐにわかった。

なるほど！　お店の名前とか名物料理とか、店の人の名前とか、そういうのをクイズにすればいいのか。

「そうなると、みんな商店街に行ってみたりするよね？」

瑠香《るか》は目を輝《かがや》かせてマップを見た。


そして、それから二時間。

みんなで考え、作ったのがこのクロスワードパズルである‼

「ヤオナガのおじさん、きっと喜んでくれるよね⁉」

「うんうん、早いとこ、持っていかないと。これ、印刷するって言ってたし」

「そうだね‼」

ということで、できたてホヤホヤのクロスワードパズルを長井《ながい》に見せるため、みんなで走ったのだった。

ギンギン商店街 クロスワードパズル

《タテのカギ》《ヨコのカギ》のヒントを見て、
あいているマスを埋めましょう。

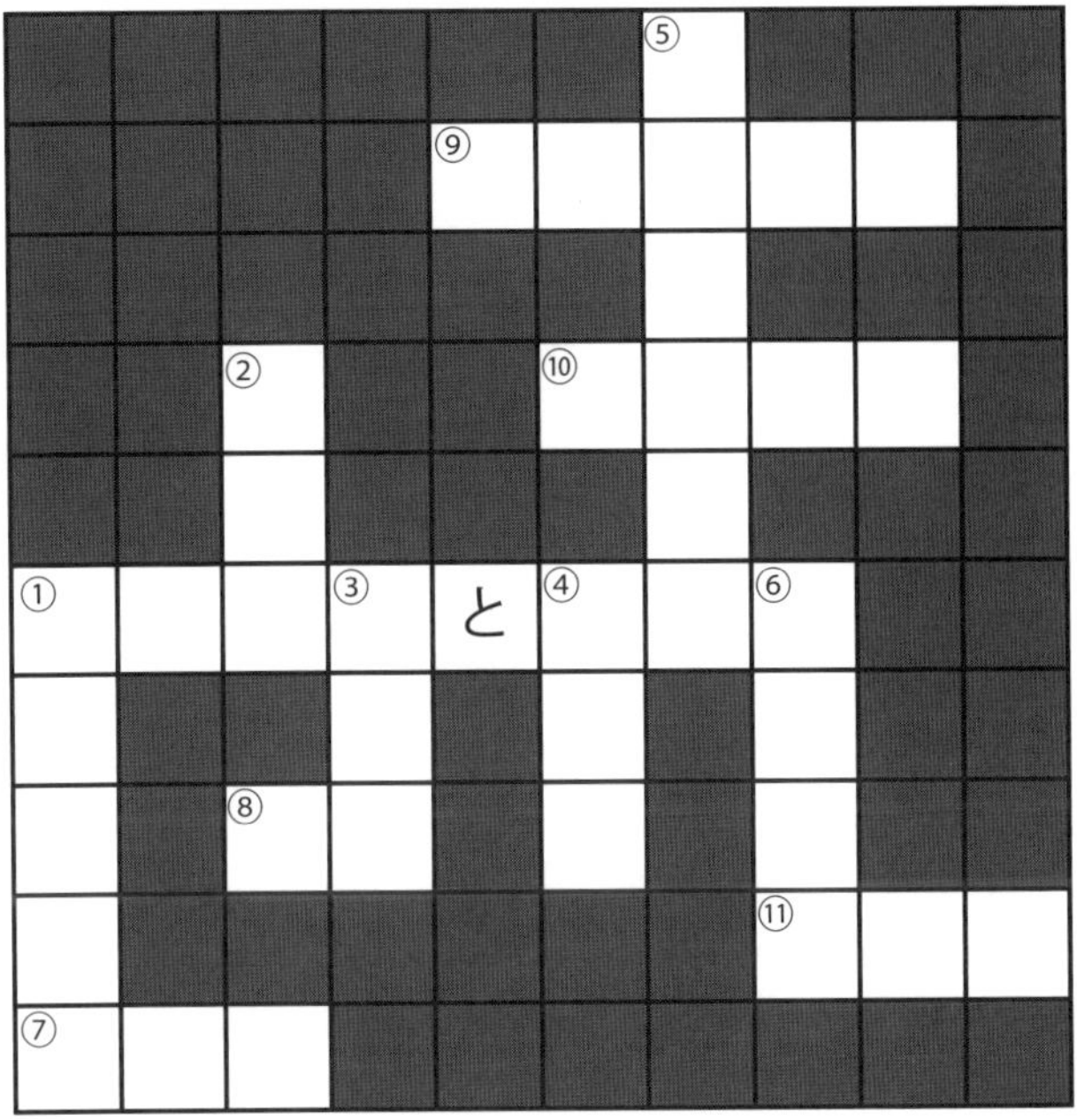

《タテのカギ》

① レンガ軒のオムライスと手ごねハンバーグにかけてあるのは、絶品特製〇〇〇〇〇ソース。
② 靴屋といえば、〇〇〇。
③ シマタニ文房具では、文房具以外に〇〇〇や子供向けの雑誌や本を置いている。
④ 日本茶の専門店・前田屋は、創業〇〇〇10年。
⑤ 和菓子店てまりのアイドル猫〇〇〇〇〇〇は大福餅に似ている。
⑥ 光谷肉店の人気メニューは、作りたての〇〇〇〇。

《ヨコのカギ》

① 喫茶店エルロンドのマスターが子供の頃得意だったのは、〇〇〇〇と〇〇〇。
⑦ 盆踊りのやぐらが組まれているのは、〇〇〇パンの裏の駐車場。
⑧ 八百屋の八百長は「ヤオチョウ」ではなく、「ヤオ〇〇」と言う。
⑨ ゴンドール洋菓子店と和田豆腐店の間の店は〇〇〇〇〇。
⑩ 「もうすぐ夏！　エアコン工事、今ならすぐ！」という看板が出ているのは、〇〇〇〇電気。
⑪ ローハンクリーニングの奥さんの名前は〇〇〇。

※解答は、P.202をご覧ください。

3

「ママ、お兄ちゃんたちのたこ焼き、大評判《だいひょうばん》だよ‼　並《なら》んでる」

亜紀《あき》が春江《はるえ》の手を引《ひ》っ張《ぱ》っていく。

ギンギン商店街の夏のセール初日、プリーパンの裏の駐車場にはやぐらが組まれ、周りで盆踊《ぼんおど》りをしている。

笛や和太鼓《わだいこ》の音がぴーひゃらドンドンと響《ひび》き、大人も子供《こども》も浴衣姿《ゆかたすがた》で集まっていた。

商店街の店名が書かれた提灯《ちょうちん》もたくさんぶらさがっている。

ギンギン商店街の一角……ヤオナガの前で夢羽《むう》のたこ焼き屋がオープンしていた。

かわいい女の子が作るたこ焼きがものすごくおいしい！　と評判になって、大行列になっていた。

「夢羽！　これ、全部入れていいの？」

ハッピ姿の瑠香《るか》が聞く。

夢羽も長い髪《かみ》を後ろで結び、その上から鉢《はち》巻《ま》きをして、『ギンギン商店街』と書かれたハッピを着ている。

それがまたよく似合《にあ》っている。

「うん、いいよ」

瑠香《るか》に指示《しじ》をしながら自分はたこ焼き用の長い串《くし》でクリックリッと器用にたこ焼きをひっくり返していく。

ジュウジュウとおいしそうな音がして、並《なら》んでいるお客さんたちは待ちきれないという顔だった。

もちろん元《げん》たちも手伝っている。みんなおそろいの鉢巻《はちま》きとハッピ姿《すがた》だ。

「お、おい、大木《おおき》。おまえ、また食べてるのか⁉」

元は小麦粉を取ろうと振《ふ》りかえってびっくりした。

大木がのんきに小さな椅子《いす》にすわってたこ焼きを食べていたからだ。

彼《かれ》はまったく悪びれず、にこにこ笑った。

「だって、これ失敗しちゃったやつだよ。茜崎《あかねざき》が食べてもいいって」

「それはそうだろうけどさぁ……よく食えるなぁ」

元《げん》が感心していると、その後ろから声をかけられた。

「元！」

くるっと振《ふ》りかえると、そこには春江《はるえ》と亜紀《あき》がいた。

「すごい繁盛《はんじょう》してるじゃないの。ねぇ、ひとつちょうだいよ。お金はちゃんと払《はら》うから」

「えぇぇ!?　だめだよ、横入りは」

「あら、ケチねぇ。じゃあ、いいわ。あんたが買ったってことにしてよ。あとで取りに来るから」

「えぇぇー？」

まったく。どうしてこうずるがしこいんだろう。

その横で亜紀がチラシを差しだした。

「お兄ちゃん、このクロスワード、教えてよぉ！　タテの④がわかんないんだよね」

そう、彼女《かのじょ》が持っているチラシには元たちが作ったギンギン商店街のためのクロスワードパズルが印刷されている。

正解《せいかい》した人には全員ギンギン商店街で使える割引券が当たるということで、今朝から商店街を歩き回っている人たちが多いんだそうだ。

もちろん、歩き回らなくてもわかる答えも多いし、当てずっぽうで答えることもできる。

でも、そこはやっぱり実際《じっさい》に歩いて、お店の人とも話したりしてクイズに答えてほしい。

元《げん》たちの気持ちは十分に通じたようだ。

「おお、たこ焼き、すごい人気だなぁ。それに坊主《ぼうず》たちのクロスワードも大評判《だいひょうばん》だぞ」

長井《ながい》がやってきて、日に焼けた顔でニカッと笑った。

手には冷たいサイダーがたくさん。夢羽《むう》たちへの差し入れだった。

「わぁ、ちょうどのどがかわいてたんだよな。助かるー」

大木《おおき》はまだたこ焼きを口いっぱいに頬張《ほおば》ったまま、サイダーをうれしそうに受け取った。

「おい！　なんでおまえらがたこ焼き作ってんだ！」

「なんでだよ。オレたちにもやらせろ！」

「やらせろよな‼」

いきなり後ろからタックルされ、元《げん》も大木《おおき》も前のめりに転がった。

びっくりして振《ふ》りかえると、そこには同じクラスの河田一雄《かわだかずお》、島田実《しまだみのる》、山田一《やまだはじめ》、三人合わせてバカ田《ダ》トリオがいた。

三人ともフランクフルトや綿菓子《わたがし》を持って、へらへらと笑っている。

元は大木を助け起こしながらため息をついた。

彼《かれ》らの後ろから顔を出して、困《こま》ったように笑っているのは吉田大輝《よしだたいき》だ。彼は長い間不登校だったが、最近はちょくちょく学校に来られるようになってきた。なぜかバカ田トリオと気が合って、こうしていつもいっしょに遊んでいる。

「あ、瑠香《るか》ちゃん‼　夢羽《むう》ちゃんも。すごいすごい。ほんとだったんだね！」

「わぁー、すごい。たこ焼き、おいしそう‼」

にぎやかな声がしたので見ると、クラスの女の子たちだった。

みんなやってきたらしい。

「ねぇねぇ、このクイズも瑠香たちが作ったんだって⁇」

三〇〇円

瑠香《るか》の親友、高橋冴子《たかはしさえこ》が聞いた。

「うん、そうだよ！　解《と》けた??」

「ううん、それがさぁ、他のは解けたんだけど……この、喫茶店《きっさてん》エルロンドのマスターが子供《こども》の頃《ころ》得意だったのはっていうのがわからなくって。教えてよぉ」

「あはは。だめだめ！　自分で聞きに行かないと。すぐ教えてくれるよ‼」

「そっかー。わかった。じゃあ、聞きに行ってくるね」

冴子たちが立ち去ったのと入れちがいのように、周りの人がざわつくくらいかっこい い男の人がやってきた。

茶髪刑事《ちゃぱつけいじ》、峰岸愁斗《みねぎししゅうと》である。

「あ！　峰岸さん、こっちこっち‼」

瑠香が両手を振《ふ》って呼《よ》ぶ。

「やぁ、すごいね。大人気じゃないか！」

「うんうん。だっておいしいんですよ。特製《とくせい》のたこ焼き、峰岸さんも食べてってね」

うれしそうに言う瑠香。どうやらあらかじめメールで教えてあったようだ。

「さすがにきょうはサクラエッグスもすきすきだろうなぁ！　ざまあみろってんだ」

長井《ながい》がおどけて拳《こぶし》を作って見せる。

すると、隣《となり》にいたシマタニ文房具《ぶんぼうぐ》の政子《まさこ》が顔の前で手を横に振《ふ》った。

「だめだめ。今だけだもの、そんなの。セールが終わったら閑古鳥《かんこどり》よぉ」

彼女《かのじょ》はどうしてもこういうふうに悪く悪く考えてしまうくせがあるようだ。

とはいえ、それも一理ある。今はセールだからこうしてにぎわっているけれど、終わったらまた普通《ふつう》の商店街にもどってしまうのだから。

みんなが少しだけしょんぼりしてしまった時、夢羽《むう》がぼそっと言った。

「毎日をお祭りにしてしまえばいいんですよ」

政子はぽかんとした顔をしていたが、すぐに苦笑した。

「そんなことできるわけないじゃないの」

すると、長井が腕組《うでぐ》みをして言った。

「いやいや、この子の言うことは正しい。島谷《しまたに》さん、最初からあきらめてちゃだめだ。毎日お祭りみたいに楽しい商店街にすればいいんだよ」

「またまたぁ！　長井《ながい》さんまでそんな夢《ゆめ》みたいなこと言って。それに、毎日お祭りだったら、それはそれでみんなあきちゃうんじゃないの？」

ふたりの会話を聞いていたレンガ軒《けん》のシェフ、城島《じょうしま》が割《わ》って入った。

「あきられないような工夫や努力をすればいいんですよ。うちもね、一時期はグルメ雑《ざっ》誌《し》やテレビに取り上げられて、行列のできる店みたいに言われてましたけどね。最近はちょっとあきられてしまったようでした。もっといろんなメニューやサービスを考えなくちゃ。ギンギン商店街に行けば何かある！　ってみんなが思えるようなね。ワクワクできるような商店街を目指しましょうよ！」

長井や城島の話を聞いて、政子《まさこ》は苦笑いをした。

「そうねぇ。わたしも後ろ向きの話ばかりしてないで、もうちょっと子供《こども》たちが来たくなるような楽しい店にしようかしらね」

「たこ焼き！　まだまだありますよー！　おいしいたこ焼き、いかがですかー？」

瑠香《るか》が大きな声で宣伝《せんでん》する。

その声に負けじとばかり、電柱にとまっていたミンミン蝉《ぜみ》が盛大に鳴《な》きだしたのだった。

おわり

絵画《かいが》泥棒《どろぼう》の挑戦状《ちょうせんじょう》

★盗《ぬす》まれた絵画《かいが》

1

初秋……まだまだ青い葉が、抜《ぬ》けるような青空に向かって輝《かがや》かしく胸《むね》を張《は》っている。

杉下元《すぎしたげん》たちの暮らす銀杏《いちょう》が丘《おか》の銀杏並木《いちょうなみき》もまだ紅葉《こうよう》の気配などまったくない。並木道を自転車に乗って、心地のいい風を全身で受けながら口笛を吹《ふ》く。

きょうは日曜日。朝、まだ早い。

別にどこへ行こうという目的もない。

こんなにいい天気の日に家でくすぶっているのはもったいないと思って飛びだしただけだ。

紺色《こんいろ》と白の太い横縞《よこじま》のトレーナーと長めのハーフパンツ、赤と銀色のラインが入ったスニーカーに白いソックス。

どこにでもいそうな小学生スタイルで、いいかげんどこに行くか決めようと周囲を見回した。

歩道には柔《やわ》らかな色の雑草《ざっそう》がはえ、おばあさんが犬を散歩させている。白髪《しらが》のおばあさんにそっくりの白い犬は元《げん》を見て、さかんに吠《ほ》えた。

「これこれ、だめよ。ルリちゃん、おにいちゃんに悪いでしょ？」

やさしそうなおばあさんは犬をやさしくしかった。

犬はすぐ興味《きょうみ》を失ったようで、電信柱の臭《にお》いをくんくんかぎはじめた。

ちぇ、犬はいいよなぁ。毎日毎日、こうしてのんべんだらりと暮《く》らせて。

自分だって十分のんべんだらりと過《す》ごしているのだが、当の本人としてみれば、こんなふうにのんびりできるのは珍《めずら》しいのだと思っていた。

だいたい毎日学校に行くことだけだって忙《いそが》しいのに、帰ってから宿題だの親の手伝いだのしなければならない。

元《げん》は塾《じゅく》にも行ってないし、サッカーや野球など課外活動もやってない。特にこれといった趣味《しゅみ》もない。せいぜいゲームをするか、本を読むか。

そう、彼《かれ》は名探偵《めいたんてい》が活躍《かつやく》するような謎解《なぞと》き小説やピラミッドの謎とか空飛ぶ円盤《えんばん》は本当にいるのか？　というような本を読むのが好きだった。

そうだ！　怪人《かいじん》二十面相の本でも借りに行こうかなぁ。この前借りられなかったの、もどってるかもしれないしな。

元《げん》はそう思いたつと、自転車の向きを変えた。

駅前の図書館に行くためだ。広い通りから川沿《ぞ》いのほうへ行き、駅のほうに向かえば早い。

怪人二十面相というのは昔々の謎解き小説。江戸川乱歩《えどがわらんぽ》という作家が作りあげた天才的な怪盗《かいとう》とこれまた天才的な探偵との行きづまる攻防《こうぼう》を描《えが》いた作品である。

どんな人でもそっくりに変身してしまう怪人二十面相の謎に、かかんに挑戦《ちょうせん》する探偵明智小五郎《あけちこごろう》と助手の小林《こばやし》少年。

自分の父親も読んでなかったくらいの昔の小説だったが、一度読みはじめると止まらなくなるほどおもしろいのだ。

舞台《ぶたい》となっているのは、もちろんだいぶ昔の日本だし、文章もかなり古くさくて最初は読みづらかったけれど、そんなのはすぐなれた。なれてくると、これが次々読みたくなる。

今とちがうからよけいにハラハラする。今だったらケータイですぐ連絡《れんらく》がつくけれど、当時は電話さえ各家庭になかったらしいから、すれちがいが多いのだ。

名探偵明智小五郎《めいたんていあけちこごろう》も少年探偵の小林《こばやし》少年もかっこいいけど、とにかく怪人《かいじん》二十面相というのが神出鬼没《しんしゅつきぼつ》でやたらとかっこいいしこわい。

仮面《かめん》をつけてたり、人に変装《へんそう》したりと、いったい誰《だれ》が誰なのかわからなくなることもある。江戸川乱歩《えどがわらんぽ》コーナーに置いてあるのだが、いまだに読む人が多いらしく、補修《ほしゅう》しても補修してもすぐボロボロになってしまうと図書館の人が言っていた。

きょう借りたいと思っているのは『青銅《せいどう》の魔人《まじん》』という本だ。真夜中の時計店を襲《おそ》った時計泥棒《どろぼう》は、青銅でできた機械人間だった⁉ 月光に照らされたのは、三日月形に裂《さ》けた口を持つ金属《きんぞく》の顔……という宣伝文句《せんでんもんく》が本の紹介《しょうかい》に書いてあって、それを読んだだけでドキドキしてくる。

残念なことに、この前は他の人に借りられていてなかったのだ。きょうこそは！ と、自転車のペダルをこいでいると、ハッと目をとめた。

柔《やわ》らかそうな長い髪《かみ》を秋風になびかせ、黒いポロシャツに細身の黒ジーンズというスタイルで歩く少女の後ろ姿を見たからだ。

彼女《かのじょ》はすっと脇道《わきみち》に入っていった。大きな猫《ねこ》もついていく。

あわてて後を追いかける元《げん》。

少女の名前は茜崎夢羽《あかねざきむう》。同じクラスの女の子なのだが、それこそ小林少年もまっ青なくらいの名探偵《めいたんてい》。数々の難事件《なんじけん》を解決《かいけつ》してきている。息をのむような美少女だが、いろいろとミステリアスな部分も多い。

叔母《おば》さんと、今連れている猫、ラムセスと暮《く》らしている。

「茜崎！」

呼《よ》びかけてみたが、彼女は気づかなかったんだろう。もどってこなかった。

同じく脇道に入ってみて驚《おどろ》いた。

彼女もラムセスの姿《すがた》もどこにも見当たらなかったからだ！

脇道の先は突《つ》き当《あ》たりになっていて、そこからどこかに行くということはない。

右側の塀《へい》はツルツルの黒っぽい大理石でできていて、高い。左側は普通《ふつう》のブロック塀でそれほど高くないがざっと見渡《みわた》してみても、彼女《かのじょ》の姿はなかった。

いったいどこへ消えてしまったんだろう⁇

元《げん》は首をかしげながら来た道をもどろうとした。

その時、後ろから呼《よ》びかけられた。

「元⁉」

振《ふ》りかえると、そこにはさっきまでいなかった夢羽《むう》とラムセスがいるではないか⁉

まるで魔法で瞬間《しゅんかん》移動《いどう》したみたいだ。

いったいどういうことなんだろう⁇

2

目をぱちくりさせている元に、夢羽は首をかしげた。

「どうしたんだ?」

夢羽《むう》に聞かれ、元《げん》は自転車を止めたまま頭をかいた。

「いやぁ、今この道に入るとこ見てたんだ。で、こっち来てみたらいないし」

「ああ、だからわたしが声かけたらびっくりしたってわけか」

「そうそう。まるでいきなり空中から出てきたみたいだった」

「あははは。これだよ」

夢羽は塀《へい》を指さした。

あの黒っぽくてツルツルした大理石の塀である。

自転車から降《お》り、夢羽のところまで歩いていってみる。

「あれ⁇　ここ……」

よく見れば塀に切れ目がある。

「ここを押《お》すと、ドアになってて開くんだ」

「へぇー‼　すごいなぁ。表札もないからわからなかった」

「そうだね。ここは表玄関《おもてげんかん》じゃないからね」

「そうなんだ」

「うん、表玄関《おもてげんかん》は表通りのほうにあるよ」

「え？？？」

というと、そうとう大きな家ということになる。驚《おどろ》いていると、夢羽《むう》はほほえんだ。

「ここの人は有名な絵画《かいが》コレクターらしい。この裏口《うらぐち》も立派《りっぱ》だし、かなりのお金持ちなんだろうなぁ」

「そりゃあそうだろうなぁ。でも、知り合いじゃないのか？」

「うん、知らないよ」

彼女《かのじょ》はすずしげな顔で表通りに向かって歩きはじめた。

元《げん》も自転車を押《お》してついていく。ラムセスはふたりの間をゆうゆうと歩いていたかと思うと、ぱっと飛び上がり、高い塀《へい》の上

に跳《と》びうつり、どこかへ行ってしまった。

猫《ねこ》っていうのはどういう運動神経《しんけい》をしているんだろう。まったく助走なく、あんな高いところまで飛び上がれるなんてすごい。

ラムセスに感心していると、夢《む》羽《う》が元《げん》に聞いた。

「森亜亭《もりあてい》って覚えてるだろ？」

その名前を聞いて、元はドキッとした。

森亜亭というのは、夢羽の知り合いらしいのだが、いろいろと窃盗《せっとう》などを働く犯罪《はんざい》者でもある。ただし、悪い人ではないようで、人を傷《きず》つけたりはしないし、後でちゃんと補修《ほしゅう》したり返金したりしているという。

まぁ、とにかく夢羽と知恵比《ちえくら》べがしたいというだけのようだった。

そう、まるで明智小五郎《あけちこごろう》に挑戦《ちょうせん》する怪人《かいじん》二十面相のような存在《そんざい》なのだ。

元は彼《かれ》に一度だけ会ったことがある。

銀髪《ぎんぱつ》をきれいになでつけた初老の紳士《しんし》で、パイプをくゆらしていたのが印象的だった。とても悪いことをする人のようには見えなかった。

その後も、脱出《だっしゅつ》ゲームに挑戦《ちょうせん》してきたり、時々夢羽《むう》に謎解《なぞと》きの挑戦をする。

どういう知り合いなのか、いつ知り合ったのかなど、謎の多い人だ。

彼《かれ》が夢羽のことを傷《きず》つけたりしないというのはわかっていても、犯罪《はんざい》者は犯罪者なのだから油断《ゆだん》できない。

夢羽は続けた。

「雨元光次郎《あまもとこうじろう》さんという人なんだけどね。彼が所蔵《しょぞう》する美術《びじゅつ》品だけで、ちょっとした美術展が開けてしまえるくらいたくさんのコレクションがあるんだけど、なかでも一番のお気に入りだった絵……『女神《めがみ》の告白《こくはく》』というのをおととい盗《ぬす》まれてしまったそうだ」

「えええぇー⁉　そ、それは大変じゃないか」

「うん、そして、すぐ手紙が来たんだ」

「手紙⁉　森亜亭《もりあてい》からか？」

「そう。よくわかったね！」

夢羽にほめられ、元《げん》はうれしくなったが、それくらい誰《だれ》だってわかるだろうと思い直した。

なにせ先に「森亞亭《もりあてい》」の名を聞いているわけだし、美術品《びじゅつひん》を盗《ぬす》むなんて彼《かれ》のやりそうなことじゃないか。

元《げん》が決まり悪そうにしていると、夢羽《むう》が「あっ」という顔になった。

「そっか。先に森亞亭の名前を言ってあったな。ははは、ならわかるか」

「そうだよ！　どうしたんだ？　茜崎《あかねざき》にしては珍《めずら》しいじゃないか」

ついさっき自分が言ったことを忘《わす》れるなんて、本当に珍しい。でも、彼女《かのじょ》はおかしそうにクスクス笑っているだけだった。

「いやぁ、他のことに気をとられてたからな。あ、それで……そう、その森亞亭からの手紙には、次は『白《しろ》い雨音《あまおと》』という絵を盗むという予告が書かれてあったんだ。しかも、盗む時間や方法についてはいずれヒントを出すから、茜崎夢羽を呼《よ》んで相談しなさいと書いてあったそうだ」

「へぇー！　森亞亭のやつ、また茜崎と勝負したくなったんだな。だからこんなことを……」

「はた迷惑《めいわく》な大人だよ」

夢羽《むう》は苦笑した。

「あのうちがその雨元《あまもと》さんの家なのか？　でも、じゃあなぜすぐにもどってきたんだ⁇　呼ばれたんじゃないのか。何かあったの？」

元《げん》が聞くと、彼女《かのじょ》は細い肩《かた》をひょいとすくめた。

「ちょうど雨元さん、留守《るす》だったんだよ。だから、出直そうと思ってね」

「なるほど」

などと、表通りを歩きながら話している横をピッカピカの黒い高級車が通りすぎていった。

ピカピカすぎて、元たちの顔が車体にばっちり映《うつ》っている。

「すごい車だなぁ」

元がそう言って見送ると、夢羽は首をかしげ、車の後ろを見つめた。そして、早足で追いかけていった。

「え⁇」

元もあわててついていく。

その車がさっきの脇道《わきみち》に入っていくと、黒っぽいツルツルの塀《へい》が左右に開いた。

「あ！」

元《げん》は小さく叫《さけ》んだ。

夢羽《むう》は元を振《ふ》りかえった。

「どうやら雨元《あまもと》さんが帰ってきたらしい。よかったら元も来る？　森亞亭《もりあてい》のこと、知ってるわけだし。手伝ってもらえるとうれしいな」

なんとすばらしい申し出だろう⁉

夢羽にそんなふうに言ってもらえるとは思ってもみなかったので、元はうれしくって秋空高く飛んでいきそうな気分だった。

「も、もちろん！」

オレなんかでよかったら、こっちから手伝わせてほしいくらいだ……という言葉はのみこんでおいた。なんとなく照れくさかったからだ。そういうことをさりげなく言えればいいんだが、どうも最近言えない。特に夢羽の前だとボソボソ口ごもってしまう。

「元⁉」

夢羽《むう》に呼《よ》ばれ、元《げん》は小走りでついていった。

3

「き、君が茜崎《あかねざき》夢羽……さんなのかね⁇」

どうやら雨元《あまもと》は夢羽がまだ小学五年生の女の子だというのを知らなかったようだ。

それもそのはず。森亞亭《もりあてい》の手紙には「茜崎夢羽に相談しなさい」としか書いていなかったからだ。

部下が捜しだしてきたのだが、まさかこんなに小柄《こがら》な美少女がやってくるとは思わなかっただろう。しかも、お供《とも》についてきたのは坊主頭《ぼうず》にハーフパンツの男の子である。

「い、いやぁ、驚《おどろ》いた。本当に君が茜崎夢羽さん⁇」

何度も確認《かくにん》する雨元に元はだんだん腹《はら》が立ってきた。

こっちだって来たくて来てるわけじゃない。呼《よ》ばれたからやってきたというのに、なぜそう何度も聞かれなくちゃいけないんだろう。

ふつふつと沸《わ》いてくる怒《いか》りがエネルギーに変わった。

「あ、あのぉ、彼女《かのじょ》はぼくと同じクラスの子ですけど、今までにも何度も警察《けいさつ》も手を焼いたような事件《じけん》を解決《かいけつ》してますから！」

どこにそんな勇気があったのかと驚《おどろ》いた。でも、気がついたら、一歩前に出て雨元《あまもと》にきっぱり言い切っていた。

それを聞いて、雨元が目を丸くした。

「そ、そうなのか……それは大変申《もう》し訳《わけ》ないことをした。まぁまぁ、ともかくすわりなさい。杉城《すぎしろ》、お茶でも出して。あ、ケーキか何かあったかね？」

杉城と呼ばれたのは後ろに控《ひか》えていた男の人だ。

黒い髪《かみ》を七三にきっちりと分け、黒っぽいスーツを着ている。左の頬《ほお》にほくろがあるのが目立つくらいで、普通《ふつう》の会社員のような四十歳くらいのおじさんだ。

それにしても、まさか子供《こども》が相手だとは思わなかったというのがありありだ。なんだか馬鹿《ばか》にされてるような気もするが、ケーキを食べられるんだったら、それはそれで大《だい》歓迎《かんげい》だし。

元《げん》は複雑な思いだった。

雨元《あまもと》は三十五歳《さい》くらいのすらっとした体型の男性《だんせい》で、黒髪《くろかみ》をまんなか分けしていた。とにかく無彩色《むさいしょく》が好きなんだろう。黒縁《くろぶち》の眼鏡《めがね》をかけ、タートルネックの黒いセーターにグレーの細身のジーンズをはいている。かなりおしゃれな人なんだろう。

ふたりは立派《りっぱ》な応接間《おうせつま》に通されていた。

ここも黒っぽい壁《かべ》のシンプルな作りで、黒い革張《かわば》りのソファーもかっこよかった。

壁には白と銀色で描《か》かれた抽象《ちゅうしょう》的な大きな絵が飾《かざ》られていたけれど、それが何を表わしているのか、元にはさっぱりわからなかった。

杉城《すぎしろ》がティーカップにいれた紅茶《こうちゃ》とケーキをワゴンに乗せて運んできた。

部屋中に紅茶のいい香《かお》りが広がった。

「まぁ、くつろいでくれたまえ。この杉城《すぎしろ》がきみのことを捜《さが》しだしてきたんだが、年のことなど何も言わなかったもんでねぇ。うちには子供《こども》がいないし、どういうふうに話せばいいかよくわからないのだが……」

この人は夢羽《むう》と元《げん》をあくまでも子供あつかいしたいらしい。

夢羽はかすかにほほえんで雨元《あまもと》を見返した。

「おかまいなく。ところで、絵が盗《ぬす》まれたんだそうですが……もう警察《けいさつ》には通報《つうほう》してあるんですか?」

その落ち着いた言い方に、雨元の顔が引きしまった。

「いや、それがねぇ。警察に通報したりせず、君に相談することが条件《じょうけん》だと言うのだ」

「条件次第では返してもいいと言ってるわけですね?」

「そうなんだ。まぁ、信じられないがねぇ」

雨元が眉根《まゆね》を寄《よ》せ、悲しそうにため息をついた。よっぽど盗まれたことがショックだったんだろう。

「いえ、返してもいいと、彼《かれ》が言うのならそれはその通りに受け取っていいと思いますよ」

夢羽《むう》ははっきり断言《だんげん》した。

雨元《あまもと》は驚《おどろ》いて顔を上げ、夢羽を見つめた。

「ところで、君とこの森亞亭《もりあてい》という人物とはどういうつながりがあるのかね。絵画泥棒《かいがどろぼう》と君のような少女と、接点《せってん》があるとはとても思えないのだがねぇ」

それは元《げん》も思うことだった。何度も森亞亭は夢羽に謎解《なぞと》きの挑戦《ちょうせん》をしているが、いったいどういう関係なのかはいまだに謎だった。

夢羽は首を横に振《ふ》った。

「わたしもよくわかりません。以前《いぜん》、偶然《ぐうぜん》わたしがいあわせた時に起こった事件《じけん》を解決《かいけつ》したんですが、それ、森亞亭も関係していたんです。そのことがあって以来、なんだかんだと謎解きの挑戦をしてくるんですよね」

「ほほう……なんというか、ずいぶんはた迷惑《めいわく》な男だなぁ」

当事者にしてみれば、そう言うしかなかっただろう。実際《じっさい》、「はた迷惑」という言葉がこれほど当てはまる人もいない。夢羽《むう》も同じことを言っていたし、部外者の元《げん》でさえそう思った。

そして、雨元《あまもと》が夢羽をすっかり大人あつかいしているのに気づいた。

彼《かれ》はティーカップを上品に持ち上げ、お茶を一口飲んだ。

「まぁ、これ以上は詮索《せんさく》しないよ。わたしとしてみれば、無事に『女神《めがみ》の告白《こくはく》』がもどってくればいいだけの話だしね。そして、新たな一枚《まい》を盗《と》られなければいいわけで」

「おととい盗《ぬす》まれた絵ですね？」

「ああ、そうだよ。ダグリン・フィリップという十四世紀初頭の画家が描《か》いたものでね。あまり有名な画家ではないが、この作品だけはすばらしいできばえなんだ。その絵の崇《すう》高《こう》さと言ったら、言葉もないほどだ……」

雨元は目を閉《と》じ、深くため息をついた。

「そうだ……とりあえず、あれを見ていただこうか」

彼《かれ》はそう言うと、杉城《すぎしろ》に何事かを命じた。

4

しばらくして、杉城《すぎしろ》が持ってきたのは白い封筒《ふうとう》だった。

森亞亭《もりあてい》からの犯行予告状《はんこうよこくじょう》である。

すでにひとつ盗《ぬす》んでいる上に、もう一枚これから盗むという内容《ないよう》なのが図々しい。

「これなんだよ」

封筒は上等な紙で作られているのが一目でわかった。そんじょそこらで売ってるような封筒とはちがう。

夢羽《むう》はポケットから手袋《てぶくろ》を取りだしたが、それをはめようとしてやめた。

「この手紙、もしかしていろいろな人がさわってますか?」

雨元《あまもと》は肩《かた》をすくめた。どうやらその通りらしい。

それを見て、夢羽は手袋をポケットにしまった。指紋《しもん》のことを考えたのだが、すでにいろいろな人がさわってしまっているなら意味がないからだ。

「そうだよなぁ。こんな重要な手紙だとは思わなかったから、もっと気をつけておくべきだったよ」

雨元《あまもと》はますますしょげかえった。

「まぁ、でも……相手が森亞亭《もりあてい》だってわかってるわけですから安心ですよ」

「とてもそんなふうには考えられないんだが」

「彼《かれ》は芸術《げいじゅつ》のこともよく理解《りかい》しています。殺生《せっしょう》は絶対《ぜったい》にしません。約束も守ります。その点は信頼《しんらい》していていいと思いますよ」

「なるほど……しかし、内容《ないよう》がねぇ」

雨元の顔がくもったのも無理はない。手紙の文面はこうだった。

「不幸な雨元氏へ
貴公《きこう》の美術《びじゅつ》愛好の趣味《しゅみ》は非常《ひじょう》に高度で好ましいものに思える。
そこで、私《わたし》はあえて挑戦《ちょうせん》したい。
このたびは貴公のもっとも愛する『女神《めがみ》の告白《こくはく》』を盗《ぬす》ませていただいたが、
次は私《わたし》の一番好きな『白《しろ》い雨音《あまおと》』を頂戴《ちょうだい》するつもりである。

もちろん、貴公《きこう》にもチャンスを与《あた》えたい。

『白《しろ》い雨音《あまおと》』を守り、『女神《めがみ》の告白《こくはく》』を取り返したくば、せいぜい知恵《ちえ》を使いたまえ。

第二の犯行時刻《はんこうじこく》、および犯行に関与《かんよ》する者の正体について知りたければ、銀杏《いちょう》が丘《おか》に住む茜崎夢羽《あかねざきむう》に相談しなさい。いずれ、明らかになるであろう。

彼女《かのじょ》が私に降参《こうさん》するようなことがあれば、運がなかったとあきらめることだ。

なお、万一警察《けいさつ》に通報《つうほう》などしたのが発覚した場合も同様である。


森亞亭《もりあてい》」


森亞亭の文章が古めかしい感じなのが、ますます怪人《かいじん》二十面相に似《に》ているなぁと元《げん》は思った。雨元には悪いが、内心ちょっぴりワクワクしてくる。

雨元はしきりに首を振《ふ》っていた。

「なぜあんなに厳重《げんじゅう》に警備《けいび》をしていたのに盗《ぬす》まれてしまったのか、いまだにそこが解《げ》せんのだ」

「どういう警備だったんですか？」

夢羽《むう》が聞くと、雨元《あまもと》は顔を上げた。

「うむ……ここで説明するより、実際《じっさい》に展示室《てんじしつ》を見てもらったほうが早そうだな。まぁ、ケーキを食べてもらってからにしよう。さあ、遠慮《えんりょ》なく食べなさい」

ここは子供《こども》らしく素直《すなお》に食べるほうがいいだろう。

というより、元《げん》は目の前においしそうなケーキを置いたまま、ずーっとお預《あず》け状態《じょうたい》だったから、よだれをたらしそうで危《あぶ》なかった。

その問題のケーキのおいしかったことときたら、たぶん生まれて初めての味と言ってもいいだろう。口のなかでとろけるような柔《やわ》らかなスポンジケーキにしっかりと味がしみた生クリームの風味の上品なこと。小さくカットしたイチゴやキウイ、パイナップル、メロン……などなど、さまざまなフルーツがまるで宝石箱《ほうせき》をひっくりかえしたようなにぎやかさだった。

その上、元だけでなく、夢羽もケーキを気に入ったようだった。

ふたりがものも言わず食べているのを見て、雨元は笑顔になった。

「そういうふうに子供《こども》らしくケーキを頬張《ほおば》っているのを見ると、なんだか安心するねぇ」

ケーキを食べ終わったふたりが案内されたのは、特別に厳重《げんじゅう》な警備《けいび》になっている部屋だった。

5

表玄関《おもてげんかん》から入ると、大きな玄関ホールがあるのだが、その問題の展示室《てんじしつ》は玄関ホールの右にある雨元《あまもと》の書斎《しょさい》の奥《おく》にあった。

たったひとつある扉《とびら》は、その書斎との間にある扉。つまり、書斎を通っていかなければ展示室には入れない。

かなり広い部屋で中央部分が一段《いちだん》高くなっている。

壁《かべ》にはさまざまな大きさの名画が飾《かざ》られていたし、白い大理石の彫刻《ちょうこく》や円柱形の高い壺《つぼ》のようなオブジェも置かれていた。

ただ一番目立つ正面の壁には何も飾られていなかった。ここに『女神《めがみ》の告白《こくはく》』があったのだろう。

窓《まど》は二カ所あったが、そのどちらにも鉄柵《てっさく》がはまっていて、その間は約五センチくらい。自由に出入りすることはできない。

そもそも、だいぶ高い位置にあったのでそこから出入りするとすれば、ハシゴか何かは必ず必要になってくる。

「ハシゴをかけるくらいはやるかな」

小柄《こがら》な夢羽《むう》が窓《まど》を見上げていると、雨元《あまもと》が苦笑した。

「まぁね。しかし、一番の問題は『女神《めがみ》の告白《こくはく》』がこの窓よりも大きいってことだね」

「そんなに大きいんですか？」

「ああ。額縁《がくぶち》こみの大きさは縦《たて》百十センチ、横百五十センチだからね。この窓はふたつとも縦六十センチ、横百二十センチだ」

「じゃあ、無理か……。だいたい鉄柵があるし。この柵、はずした形跡《けいせき》はないですか？」

「ないね」

「なるほど……では、最近、リフォームしたとか、そういうことはないんですか？」

「リフォーム？　この展示室をかね」

「そうです」

「うーん……まぁ、このセキュリティシステムを最新のものに入れかえる時に業者に来てもらったりはしたが、それだけだよ。しかも、かれこれ二週間は前の話だし。彼《かれ》らが絵を盗《ぬす》んで持っていったということはありえないね」

「そうですか……」

どうやっても窓《まど》から出すことはできなかったわけで。だとすると、出入り口はひとつ。雨元《あまもと》の書斎《しょさい》を通り、玄関《げんかん》ホールを通って行く方法のみ。

さらに、展示室《てんじしつ》には赤外線の探知機《たんちき》があるので誰《だれ》かが侵入《しんにゅう》しようとしたり、絵画《かいが》を盗《と》ろうとすると即座《そくざ》に警報《けいほう》が鳴る仕組みになっている。その上、監視《かんし》カメラがあり、その場で起こったことはすべて録画されているという。

監視カメラはコンピューターで操作《そうさ》されている。

「すごいなぁ……」

テレビや映画《えいが》でしか見たことがないような部屋に元《げん》は目を丸くした。

「ふふふ、これはねぇ。最先端《さいせんたん》の警備システムを導入《どうにゅう》した部屋なんだよ」

得意そうに言う雨元に、夢羽《むう》は無表情《むひょうじょう》で言った。

「でも、盗《ぬす》まれたんですよね」

「そ、そうなんだよなぁ……」

雨元《あまもと》はがくっとうなだれ、重いため息をついた。

すごくしょんぼりしているようすがかわいそうに思えた。よっぽど大切な絵だったんだろう。

「おとといの録画はどうなってるんですか？　まだあるなら見たいんですが……」

夢羽《むう》がそう言うと、雨元は渋《しぶ》い顔をした。

「データを呼《よ》びだすだけだから、どこでも見ることはできるよ。ただ期待しないでほしい。当然、わたしたちもチェックしたんだが、なぜかその日の……肝心《かんじん》の時間だけが空白なのだよ。じゃぁ、書斎《しょさい》で見ようか。友岡《ともおか》、頼《たの》む」

雨元が言うと、杉城《すぎしろ》の隣《となり》に立っていた男が書斎《しょさい》に通じる扉《とびら》を開き、みんなを案内した。

そして、書斎の壁際《かべぎわ》に置かれた大型のディスプレイの電源《でんげん》を入れた。

友岡も杉城と同じような地味なスーツを着ていたが、歳《とし》はだいぶ若《わか》い。髪《かみ》もツンツンとがらせていたし、金髪に近い茶髪だった。

彼《かれ》は手慣《てな》れたようすで、ディスプレイのコントローラーを操作《そうさ》した後、次は小さなノートパッドを出し、指先でタッチしはじめた。

すると、大型ディスプレイに六つに区切られた画面が現《あらわ》れた。展示室《てんじしつ》をいろいろな角度から同時に撮《と》った映像《えいぞう》だ。でも、盗まれた日の十九時二十分から三十分までの十分間だけ、いきなり画面全体が白くなってしまった。

「これですか。すみません、もう一度見せてください」

夢羽《むう》が言うと、友岡《ともおか》がさも面倒《めんどう》くさそうな顔でノートパッドにタッチした。

また同じ画面になり、同じ箇所《かしょ》で白くなる。

「録画ができなくなったとか、カメラの故障《こしょう》とかだったら、六つに区切られたままだと思うんですが、なぜ全部が白くなってるんですか？　もしかして、この部分だけ上書きされてるんじゃないですか？」

「上書き？」

元《げん》が聞くと、夢羽《むう》はうなずいた。

「そう。上から別の画像《がぞう》を録画したということ。この場合は白い映像を上書きしたってことになる」

彼女《かのじょ》の説明を聞いて、友岡《ともおか》の目が少しだけ大きく見開いた。

雨元《あまもと》も杉城《すぎしろ》も同じように目を丸くし、夢羽《むう》を見た。

「すげえな、最近の小学生は」

友岡がボソッと言うと、雨元が彼《かれ》をいさめるように見た。

「最近の小学生がすごいんじゃない。彼女がすごいんだと思うよ、わたしは。だからこそ、森亜亭《もりあてい》という人物も一目置いているんだろう。そう、まさしくその通りなんだよ。ちょうど絵が盗《ぬす》まれただろうと思われる時間だけ、白い画像で上書きされてるんだ」

「これはそうとう内部事情《じじょう》にくわしい人物の仕業ですね」

「そうだが……このシステムに触《ふ》れることができるのはここにいる三人だけなんだ。杉城も友岡も身元のはっきりした人物で、ずっと前からわたしの手伝いをしてくれている。彼らを疑《うたが》う余地《よち》はない」

「となると……これも外部からの犯行《はんこう》と考えられますが、もしかしてこのシステムに侵《しん》入《にゅう》されたというのは考えられませんか？」

「システムに侵入《しんにゅう》⁉　うーん、そうなるとわたしもわからないんだが」

雨元《あまもと》が不安げに言うと、友岡《ともおか》がきっぱり否定《ひてい》した。

「いやぁ、それはないと思いますよ。その形跡《けいせき》もないし。これは個人《こじん》のものだし、防犯《ぼうはん》上、ガッチガチにパスワードかけちゃってるんです。だから、ここに侵入しようとするのはかなり大変ですねぇ。それに、もし侵入できるんだったら、この画面だけ白くするんじゃなくて、データごと消せばすむ話ですからね」

「なるほど。それは言えてますね。十九時二十分から三十分の間だけ白いということは、逆《ぎゃく》に言うとこの時刻《じこく》に犯行《はんこう》があったということになります。犯行時刻を特定しているようなものですからね」

夢羽《むう》が賛同《さんどう》すると、友岡はホッとした顔になった。

しかし、彼女《かのじょ》がすぐに言った。

「だからと言って安心はできません。いや、むしろ厄介《やっかい》なことだと思いますよ」

それはそうだ。

何も解決《かいけつ》してないんだから……。

夢羽《むう》に言われ、友岡《ともおか》も雨元《あまもと》も杉城《すぎしろ》もがっくりと肩《かた》を落とした。

そのようすが元《げん》には、大変申《もう》し訳《わけ》ないけどおかしくてならなかった。大の大人三人が小柄《こがら》な美少女の一言でこんなにうなだれてしまうとは。

それに、これが人命のかかった誘拐事件《ゆうかいじけん》だとか殺人事件だとか、そういう恐《おそ》ろしいものだったら別だが、大昔に描《か》かれた高価《こうか》な絵画《かいが》と言われても正直ピンとこないのである。

★犯行時刻《はんこうじこく》と犯人《はんにん》

1

「もう一度確認《かくにん》させてください。犯行《はんこう》があったのはおとといの十九時二十分から三十分までの十分間ということでいいんですね？」

夢羽《むう》が確認《かくにん》すると、三人同時にうなずいた。

「では、その時間には皆《みな》さん、どうされてたんですか？」

夢羽の質問《しつもん》に、彼《かれ》らは順番に答えた。

まず、雨元《あまもと》が「わたしは書斎《しょさい》で本を読んでいたよ」と答えた。

次に、杉城《すぎしろ》が「わたしは友岡《ともおか》くんとふたりで別室で図録のチェックをしていましたね」と答え、友岡も「はい。それはたしかですよ」と同意した。

「皆さん、ずいぶんと記憶《きおく》力がおありなようですね」

夢羽《むう》がちょっと意味ありげに笑った。

「い、いやぁ……」

雨元《あまもと》たち三人は決まりが悪そうに顔を見合わせた。

おとといの十九時二十分から三十分まで何をしていたか、自分ならこんなふうにすぐ答えられるだろうか?? 絶対《ぜったい》無理だ！ と元《げん》は思った。

いや、まずきのうのこともあやふやだ。十九時二十分ということは……夜の七時二十分ってことだから……ああ、そうだ！『爆笑《ばくしょう》モノマネ歌合戦』母さんたちと見てたな。

でも、その十分間は？ と聞かれると自信がない。トイレに行ってたかもしれないし、その間だけ自分の部屋に行ってたかもしれないからだ。

きのうのことだってこれだけあやふやなんだから、ましておとといのこととなったら、まったくわからない。うーん、金曜日ってことは何かテレビ見たっけ。

元があれこれ考えていると、夢羽が重ねて雨元に質問《しつもん》した。

「絵がないというのに気づいたのは？」

「そ、それはきのうの朝だよ」

「なるほど。ということはなくなったとわかった時は警察《けいさつ》にすぐ通報《つうほう》するおつもりだったんですね？　で、録画をチェックして、白い画面を見つけ、その時刻《じこく》にどうしていたかをお互《たが》い確認《かくにん》していた……」

「そう。そうなんだ。警察から聞かれたらと思ってねぇ」

「で、その後にさっきの犯行予告状《はんこうよこくじょう》が来たと……」

「うん、そうだ。杉城《すぎしろ》が持ってきたよな？」

そう聞かれ、杉城は深刻《しんこく》な表情《ひょうじょう》でうなずいた。

「いつものように郵便受《ゆうびんう》けを見にいったんですが、宛先《あてさき》も送り主もなく、切手も貼《は》ってませんでしたからね。しかもあれだけ立派《りっぱ》な封筒《ふうとう》ですから、とても目立ちました」

「なるほど。ということは……森亜亭《もりあてい》は杉城さんが郵便受けを毎朝同じ時刻《じこく》に見に行っているというのを知っていたんでしょうね」

「え⁇」

「そうじゃなければ、なぜこの犯行現場に置いてなかったんでしょう？　犯行予告状を見る前に、警察に言われては困《こま》るんじゃないですか？」

「なるほど……」

「なぜこの手紙を現場《げんば》に置いてなかったのか。何か理由があるはずです。もしかすると、それが、どうやって盗《ぬす》んだか、どうやって逃《に》げたのかを知る手がかりになるかもしれません。何しろ十分しかないですからね」

「そうなんだよ。たったの十分でどうやって持ちだせたのか、まったくわからん。しかも、その時わたしは書斎《しょさい》でたしかに本を読んでいたというのに。誰《だれ》も通らなかったことだけは言えるよ」

「本当ですか？　たとえばトイレに立ったりとかなかったですか？　この十分間ずーっといましたか？」

そう聞かれ、とたんに雨元《あまもと》の顔が自信なげになった。

「ま、そう言われればなぁ……」

やっぱりそうか。そうだよな!?　元《げん》もまったく同じことを思ったもんだから、雨元の顔を見て何度もうなずいた。

「しかし、この犯行時刻《はんこうじこく》の根拠《こんきょ》というのは……さっきの録画で空白だった時間ってだけですよね？」

「そうですよ」

「だとすると……、もしかするとトリックが隠《かく》されているのかもしれません」

夢羽《むう》は腕組《うでぐ》みをして首をかしげた。

そんな生意気そうなポーズも彼女《かのじょ》がすると、とびきりかわいい。

「なるほど。いかにもこの時間に犯行《はんこう》が行われたんだぞと言わんばかりだからなぁ。この森亞亭《もりあてい》なる人物が推薦《すいせん》しただけある。小学生の名探偵《めいたんてい》かぁ！」

雨元《あまもと》がしきりと感心する。

「で、そのトリックとは⁉」

雨元が聞くと、夢羽はあっさり言った。

「さぁ……」

がくがくっ‼

あまりのあっさりさかげんに全員、ずっこけてしまった。

夢羽ぅぅ……‼

元《げん》は夢羽《むう》を恨《うら》みがましい目で見てしまった。

せっかく大人たちがこんなに一目置いてるというのに、いつものようにさっとトリックを暴《あば》いてくれればよかったのに。

とはいえ、いくら夢羽でも今の今というのは無理だったかもしれない。

と、思い直した時、夢羽が言った。

「ま、トリックなんてのはそんなに重要じゃないんですよ、この際《さい》」

「え??」

またまたみんなが彼女《かのじょ》を見る。

そんなこと言ったら、まるで負《ま》け惜《お》しみ言ってるみたいじゃないか。

元が心配した通り、雨元《あまもと》はクスッと笑った。

「ははは。そんなふうに言うところが人間らしくて、ちょっぴりホッとしたよ」

ほらなー‼　やっぱりそんなふうに受け取られたんだ。

元は悔《くや》しくってしかたなかったが、肝心《かんじん》の夢羽はまったく気にしていないようだった。

「それにしても、どうやってその絵を森亞亭《もりあてい》は持ちだせたんだろう。かなり大きな絵だったんですよね？」

「ああ、そうだよ。さっきも言ったように、額《がく》も入れればかなりの大きさになる。もし、赤外線探知機《たんちき》から逃《のが》れることができたとしても、あの窓《まど》から外には出せないよ。絶対《ぜったい》に！」

鉄柵《てっさく》がしっかりはまっているから、たしかに無理だろう。

元《げん》はふと思いついた。

絵というのはたしかキャンバス地を木枠《きわく》に張《は》ったものに描《か》くんだよな……と。

額縁《がくぶち》だってばらせば、ちょっと装飾《そうしょく》の多いただの木の棒《ぼう》だ。

「そっか！　いや、もしかして……」

思わずそんな言葉を口走ってしまって、夢羽《むう》たちの注目を集めてしまった。

「なんだ？　元、何か思いついたのか？」

夢羽に聞かれ、元の心臓《しんぞう》が飛び上がりそうになった。

2

「い、いやぁ……ちょ、ちょっと。えーっと……でも、ちがうよな。うんうん、ちがうちがう」

顔をまっ赤にして首を横に振《ふ》る。

暑くもないのに体中がカッカした。

「ちがっててもいいよ。何かの参考になるかもしれないし、言ってみて」

夢羽《むう》が言うと、雨元《あまもと》も賛成《さんせい》した。

「そうだよ。君の意見も聞かせてくれないか」

「えぇぇぇえー⁉」

追いつめられた子猫《こねこ》のような気分だ。えええーい、こうなったらしかたない！　と、元は心のなかだけで腕《うで》まくりをした。

「あのぉー……絵って、布《ぬの》を木の枠《わく》に張《は》ったものに描《か》いてるんですよね？」

「ああ、そうだよ。キャンバスというね」

「だったら、そのキャンバスから絵の描《か》いた布《ぬの》だけはずして、くるくるっと丸めたらどうですか？」

「くるくるっとだと⁇」

雨元《あまもと》はびっくりしすぎたのか、ほとんど怒鳴《どな》りつけてるような調子で言った。元《げん》は思わず後ずさった。

「す、すみません……」

君の意見も聞かせてくれないかって、そっちが言ったのに何も怒鳴ることないじゃないか。

すぐ後になってそう思った。

雨元も悪かったと思ったんだろう。あわててやさしく言った。

「ごめんごめん。悪かったね。いやぁ、あんまり驚《おどろ》いたもんだからさ。あの名画をくるくるっとまるでポスターのように丸めるというような発想はなかったからねぇ。布切れに描《か》いたものかもしれないが、分厚《ぶあつ》く塗《ぬ》った油絵だからね。何世紀も経《へ》て、堅《かた》くなってるよ」

「そうなんですか。すみません、オレ、なんにも知らなくて」

「いやいや、いいよいいよ。驚《おどろ》かせて悪かったね」

ひぁ、冷《ひ》や汗《あせ》ものだ。

元《げん》がほっとしていると、夢羽《むう》がふたりを見た。

「もしかすると……その案もありなのかもしれませんね」

「な、なんだと⁉　森亞亭《もりあてい》があの名画を丸めたって？　き、君は、彼《かれ》なら芸術《げいじゅつ》を理解《りかい》してるって、たしかそんなこと言ってたじゃないか」

またまた雨元《あまもと》の顔が険《けわ》しくなる。

「いえ、丸めたとは言ってません。キャンバスからはずしたというのはどうですか」

「キャンバスから⁉」

「そうです。別に丸めなくたって、絵だけだったら鉄柵《てっさく》の間、通《とお》り抜《ぬ》けることできるんじゃないですか」

鉄柵の隙間《すきま》は約五センチである。

たしかに、絵だけだったら通り抜けられそうだった。

「それが本当ならキャンバスや額縁《がくぶち》だけ、まだ展示室《てんじしつ》にあるってことですけどね」

夢羽《むう》は小さく肩をすくめた。

そのようすがとてもかわいらしくて、おじさんたちもみんな一瞬《いっしゅん》で魅了《みりょう》されているようだった。

「やっぱりダメか。となると、どうやって持ちだしたのか……」

またまた振《ふ》り出《だ》しにもどってしまって、一同考えこんだ。

「ちょっと展示室の外も見てみていいですか？」

夢羽が聞くと、雨元《あまもと》は「もちろんだよ。案内してあげて」と杉城《すぎしろ》に言った。

雨元《あまもと》の家はまさに「お屋敷《やしき》」と呼《よ》ぶにふさわしい大きさだった。庭も広くて、さまざまな樹木《じゅもく》が植えられている。

色とりどりの花もうまく配置されていて、まるで外国にいるような気分になった。

まぁ、もちろん、元は外国に行ったことがないので、あくまでも「気分」なだけだ。

たぶんそういう映画《えいが》やテレビのイメージなんだろう。

植えこみのなかから青い髪《かみ》の妖精《ようせい》が現《あらわ》れても不思議じゃないという感じ。そこをまるで妖精のような夢《む》羽《う》が歩いていく。

先を歩いていた杉城《すぎしろ》が振《ふ》りかえった。うつむきがちな顔に髪がぱらりとかかり、左頬《ひだりほお》のほくろが隠《かく》れた。なんとなく陰気《いんき》な感じの人だなぁと元は思った。

「ここ、段《だん》になってますから気をつけてください」

静かな声で杉城が指摘《してき》した。苔《こけ》むした階段《かいだん》が二段だけあったからだ。そこから黒い壁《かべ》の屋敷《やしき》が見えた。

展示室《てんじしつ》の窓《まど》も見える。

「なるほど、ここにあるわけですね」

夢羽《むう》はあたりをあちこち見て歩いた。その後ろを杉城《すぎしろ》と元《げん》がついていく。

そして、ふと立ち止まると、杉城に聞いた。

「たしか……おとといの午前中、雨が降《ふ》りましたよね？」

「え？」

杉城はびっくりして聞きかえした。

「さ、さぁ……申《もう》し訳《わけ》ないです。よく覚えてないですねぇ」

すると、夢羽はにっこり笑った。

「いいですいいです。調べればわかることなんで」

「あ、それでは今調べましょうか」

杉城はそう言うと、ケータイを取りだした。なるほど、インターネットで過去《かこ》の天気を調べるというわけか。

そういえば、なぜ夢羽はケータイを持ってないんだろう!?

元《げん》の場合は、「小学生がケータイなんて持ち歩くの、ママは反対よ」「そうだな。まだ早い、まだ早い。オレたちの子供《こども》の頃《ころ》はなかったんだから」と親に言われていた。

元《げん》たちのクラスでケータイを持っている子は十人いるかいないかだと思う。塾《じゅく》に行ってる子たちは帰りが遅《おそ》くなるから持ってる場合が多いようだ。

これが中学や高校になると、ぐんと普及率《ふきゅうりつ》は高くなるらしい。

ケータイがないと友達になれないとおねえちゃんが言ってるんだと、クラスの子が言ってたのを思い出した。

そんなもんなんだろうか。

元にはまだよくわからない世界だ。

そんなことを考えているうち、ここ最近の天気を調べていた杉城《すぎしろ》が顔を上げた。

「たしかに、おとといの朝から夕方にかけて雨が降《ふ》ってたようですね。このあたりの降《こう》水確率《すいかくりつ》は百%です」

「なるほど。それから降ってないとして……ここって掃除《そうじ》してますか？」

「掃除ですか？　いやぁ……どうだろう。特にしてないと思いますが。何かありましたか？」

心配そうに聞く杉城に夢羽《むう》が答えた。

「いえ、ないから聞いてるんです。雨が夕方頃《ごろ》まで降《ふ》ってたのなら、地面が柔《やわ》らかくなっていたはずです。それなのに、誰《だれ》の足跡《あしあと》もないし、何かを移動《いどう》させたような形跡《けいせき》もない。もし、その後地面をならしたんだとしても、これほど自然にはできないでしょう。どうやら、窓《まど》のほうから出入りしたわけじゃなさそうです」

「なるほどなるほど。よくわかりました。じゃあ、いったいどうやったんだと思いますか？」

「さぁ……もう一度展示室《てんじしつ》にもどりましょう」

三人がもどると、彼《かれ》らを待《ま》ちかまえていた雨元《あまもと》が聞いた。

「何かわかりましたか？」

「そうですね……」

夢羽《むう》は庭《にわ》でわかったことを告げた。窓を使って出入りしたのではなさそうだということを。

すると、雨元は大きなため息をついた。

「わかりました。もうね、これは我々《われわれ》の手にはおえませんよ。警察に通報《つうほう》しましょう」

「通報するんですか？　し、しかし、いいんですか？　犯行《はんこう》予告までされてるのに。もうちょっと夢羽《むう》さんに推理《すいり》していただくほうがいいんじゃないですか？」

と、反対したのは杉城《すぎしろ》だった。

いっしょに庭を見て歩き、さらに夢羽《むう》が優《すぐ》れた探偵《たんてい》だとわかったからだろう。口数が少ないからなんとなく陰気《いんき》な感じだなと思っていた元《げん》は彼《かれ》のことを見直した。

いいおじさんじゃないか！

「う、ううぅむぅ……そう言われればそうだなぁ」

雨元《あまもと》も杉城に言われ、通報することをやめたのだった。

3

それから、夢羽はずっと屋敷《やしき》のあちこちを点検《てんけん》して歩いた。元も特にやることもないから彼女《かのじょ》のお供《とも》でついて回った。杉城もいっしょだ。

しかし、どうにも展開《てんかい》がない。

さすがの夢羽《むう》も行きづまってきたようで、むずかしい顔をしている。

まいったな。こんな時、何か手伝うことができればいいのに。

元《げん》は自分が歯がゆくてならなかった。かといっていい考えが浮《う》かぶわけでもない。

相手は森亜亭《もりあてい》なんだから、元ではとても太刀打ちできないというのもわかっているし。

自分まで暗い顔をしていてはいけない！

そう思って、わざとニコニコしてみたら、夢羽から不思議そうに見られた。

わちゃああ。

失敗だ。大失敗だ。

顔から火が噴《ふ》いたのではないかと思うくらいにはずかしくてはずかしくて、できることなら、穴《あな》を掘《ほ》って埋《う》まりたい気分だった。

でも、そんな状態《じょうたい》なのは夢羽も杉城《すぎしろ》も知らないわけで。

何、ひとりでやってんだ、オレは。

元は頬《ほお》を両手でおおい、はーっとため息をついた。その時、

「ここらで一息入れませんか？　疲《つか》れたでしょう？」

と、杉城《すぎしろ》が言って、元《げん》たちを応接間《おうせつま》に案内し、新しいお茶やお菓子《かし》を持ってきてくれた。窒息《ちっそく》しそうだった空気が一気にゆるむ。

なんていい人なんだと元《げん》はますます感心した。

今度は日本茶とまんじゅうやセンベイだった。

ケーキもいいけれど、こういう純《じゅん》和風のものもいい。ケーキも食べられるし、センベイも食べられるなんて。日本人に生まれて本当に良かった。

元はセンベイをばりばりかじりながらつくづくそう思った。

あんまりしみじみしているもんだから、杉城も夢羽《むう》も不思議に思ったんだろう。

「どうしたんですか？　何か……変な味でもしますか？」

杉城は元に対してもとてもていねいな口調だ。

元はあわてて首を横に振った。

「いやいや、そうじゃなくって。さっきケーキ食べたばかりなのに、次はセンベイやまんじゅうで。そんな国は日本だけだなぁって思ったんですよ。日本人に生まれてよかったなぁって」

　すると、杉城《すぎしろ》と夢羽《むう》は顔を見合わせ、同時にぷっと吹《ふ》きだした。

元《げん》は顔をまっ赤にして、食べかけていたセンベイをごくんと飲みこんだ。

　いい気分転換《てんかん》になったおかげで、行きづまっていた空気も一気にリフレッシュできた。

「じゃあ、最初から考えてみようかな」

　夢羽は展示室《てんじしつ》にもどった。

　雨元《あまもと》や友岡《ともおか》もやってきた。

「すみません。手間取ってしまって」

「それはしかたないだろう。相手は大人だし、こんなむずかしいことをやってのけるんだから、そうとうの腕前《うでまえ》を持っているだろうしねぇ」

　雨元がそう言うと、夢羽は首をかしげた。

「どうもおかしいんですよ」

「何がだね」

「森亞亭《もりあてい》は、言ったら実行する人間です。わたしに相談すれば、第二の犯行《はんこう》時間と犯行に関与《かんよ》する者の正体が明らかになると書いてありましたよね？　そのわりに、いっこうにその気配がないのはおかしい」

「うーむぅ……そう言われてみればそうだが。なんだかばくぜんとしているからねぇ」

「それから、もうひとつ気になってることがあります。犯行時刻《はんこうじこく》は本当にあの空白の十分間だったのかということです」

「どういうことかね」

「つまり……仮定《かてい》として、もしこの犯行時刻がトリックによってねつ造《ぞう》されたものであれば、アリバイが完ぺきにある人が怪《あや》しいということになるわけです」

「アリバイが完ぺきにある人というと……？」

「まぁ、たとえばですね。雨元《あまもと》さんはひとりで書斎《しょさい》におられたわけですから、アリバイはないです。杉城《すぎしろ》さんと友岡《ともおか》さんはふたりでいたということですから、両方ともアリバイは成立しますよね」

「だからといってふたりが犯人《はんにん》とは言えないじゃないか！」

雨元は苦笑した。

夢羽《むう》も肩《かた》を落とし、彼《かれ》に言った。

「そうなんです。でも、やっぱりあの白い画面は怪《あや》しすぎます。こういう時はとにかくスタート地点にもどることが肝心《かんじん》です。犯行予告状《はんこうよこくじょう》をもう一度見せていただけますか?」

「ああ、いいよ」

全員、雨元《あまもと》について書斎《しょさい》へと移動《いどう》した。

彼《かれ》は例の上等な白い封筒《ふうとう》から手紙を抜《ぬ》きだし、夢羽《むう》に渡《わた》そうとした。

その時、彼女《かのじょ》は「あっ」と声をあげた。

「え⁇」

元《げん》がびっくりして言うと、雨元も「どうしたんだい?」と手を止めた。

杉城《すぎしろ》や友岡《ともおか》も驚《おどろ》いた顔をした。

夢羽は彼らにはかまわず、雨元のほうに手を伸ばした。

「その封筒も貸してください」

「あ、ああ……いいよ」

みんなが見守るなか、夢羽は封筒をよく調べはじめた。表も裏も、内側も。

そして、雨元《あまもと》に言った。

「この封筒《ふうとう》、バラバラにしたいんですがいいですか？」

「も、もちろんだ。何をしたってかまわないよ」

「じゃあ、やかんにお湯を沸《わ》かして持ってきていただけますか？」

「お湯？」

「はい。切ったり破《やぶ》ったりするのはこわいので蒸気《じょうき》をあててバラしてみます」

「なるほど！」

というわけで、杉城《すぎしろ》がぐらぐらに沸騰《ふっとう》したお湯を持ってきた。やかんではなく、湯沸《ゆわ》かし器《き》だったが。

「これでいいですか？」

「はい。ここに置いてください」

夢羽《むう》は湯沸かし器の湯気を封筒にあてた。

しばらくして、糊《のり》で閉《と》じられていた部分が少しずつはがれていく。

「そろそろいいかな」

夢羽《むう》はそう言うと、雨元《あまもと》からペーパーナイフを借り、ゆっくり慎重《しんちょう》にはがしていった。

白い封筒《ふうとう》は一枚《まい》の平たい紙になったのだが……。

「もしかすると、このなかに文字があるかもしれないですね。紙と紙の間に秘密《ひみつ》の文字を隠《かく》すというのはよくやる手法ですから」

「なるほど、なるほど」

みんな期待に満ちた顔で見守っていたが……封筒のなかには何もなかった。

あきらかに失望する面々……。しかし、夢羽は楽しそうに目を輝《かがや》かせている。

「なるほど。こっちにないのか。ま、そうだよな……」

封筒を置いて、今度はもう一度手紙のほうを見た。

「うーん……あとは……」

しばらくだまって考えていた夢羽は「あ‼」と、彼女《かのじょ》にしてはずいぶん大きな声で言うと立ち上がった。

「なんですか？　何かわかったんですか？」

「茜崎《あかねざき》、わかったのか？」

全員立ち上がった。

彼女《かのじょ》はゆっくりと全員を見回し、ピッと壁際《かべぎわ》のディスプレイを指さした。そこには、監視《かんし》カメラの映像が映っていた。

「あれです。あの録画の白い部分、あそこにもしかしたらヒントが隠《かく》されてるかもしれないです！　やはりあれは怪《あや》しすぎますからね」

4

録画の白い部分をもう一度再生《さいせい》してみた。

しかし、やはり白いだけ。

みんな困《こま》ったようながっかりしたような顔、顔、顔……。ただし夢羽《むう》だけはちがった。

しつこく何度も何度も見たり聞いたりした。

聞くといっても、無音なのだから何を聞いているのか元にはわからなかった。

みんながあくびをかみ殺したり、別のことをしはじめた頃《ころ》、夢羽が「わかった！」とつぶやいた。

もちろん、全員が注目する。

彼女《かのじょ》は白い画面を指さして言った。

「この画面ですが、ただ流してるだけでは白い画面にしか見えないんです。でも、たぶん……ほんの一コマだけメッセージが入った画面を挿入《そうにゅう》しているとしたら……」

「一コマ⁇」

「はい。こういう映像《えいぞう》というのは普通《ふつう》、通常《つうじょう》のテレビなどでは一秒に三十コマ録画された画面が入っています。それを順番に映《うつ》しだすことによって流れるような動きに見えるわけです。だから、そのなかの一コマだけとなれば、あっという間に過《す》ぎさって、普通なら見えません」

「それが見えたというのかね？」

雨元《あまもと》が聞くと、夢羽は首を横に振《ふ》った。

「いえ！」

がくがくがくっ。

またまたみんなでずっこけたが、夢羽《むう》はすずしい顔だ。

「でも、専用《せんよう》のソフトを使えばすぐわかりますよ。ここには動画の編集《へんしゅう》ソフトなどありますか？　もしなければ簡単《かんたん》なフリーソフトもあるので、すぐダウンロードしてみてください」

「フリーソフトって何なんだ？」

元《げん》が聞くと、夢羽の代わりに友岡《ともおか》が説明してくれた。

「無料のソフトウェアのことだよ。ソフトウェアというのは……コンピューターで動かすアプリケーション……うーんと、プログラムのことだよ」

ソフトウェアもアプリケーションもプログラムも、いくら言《い》い換《か》えてもらってもよくわからないものはわからない。

でも、きっとゲームと同じで、何かをしようとするときに使うものなんだろうということはわかった。

そして、今言ってるのは、録画したものやインターネットで見ることができる動画などを編集《へんしゅう》できたりするものなんだということも。

「映像編集《えいぞうへんしゅう》ソフトならありますよ」と友岡《ともおか》がパソコンのマウスを操作《そうさ》して、パチパチっとボタンを押《お》した。

画面が変わって、何か表のようなものが表示《ひょうじ》された。

「では、この白い部分だけを切り取って、全部のコマを見ることができますか？」

夢羽《むう》に言われ、友岡は「もちろんできますよ」と即答《そくとう》した。

それから約五分後、彼《かれ》は大きな声で言った。

「ビンゴ‼」

みんなパソコン画面に注目した。

そこには文章が書かれていた‼

「六歩二歩掘《ほ》りダヒは野守りギラウ。留守《るす》うコッジ二時地位。」

「なんだ、これ……『六歩二歩掘り』とか。どこかの場所を特定してるんだろうが。暗号だな」

雨元《あまもと》が首をひねる。

「そうですねぇ。『二時』とも書いてあるので犯行時刻《はんこうじこく》のことかもしれないです」

と、これは友岡《ともおか》。

杉城《すぎしろ》はまったくわからないという顔で首を振《ふ》っている。

それでも、ここに暗号を隠《かく》しておいたということはわかった。これは大大進歩なのだ!!

「六歩二歩掘り」……どこを掘るというんだろう?

「ダヒは野守りギラウ」って、いったいなんのことだ!?「ダヒ」と「ギラウ」だけがカタカナだ。あ、いやいや、その後の

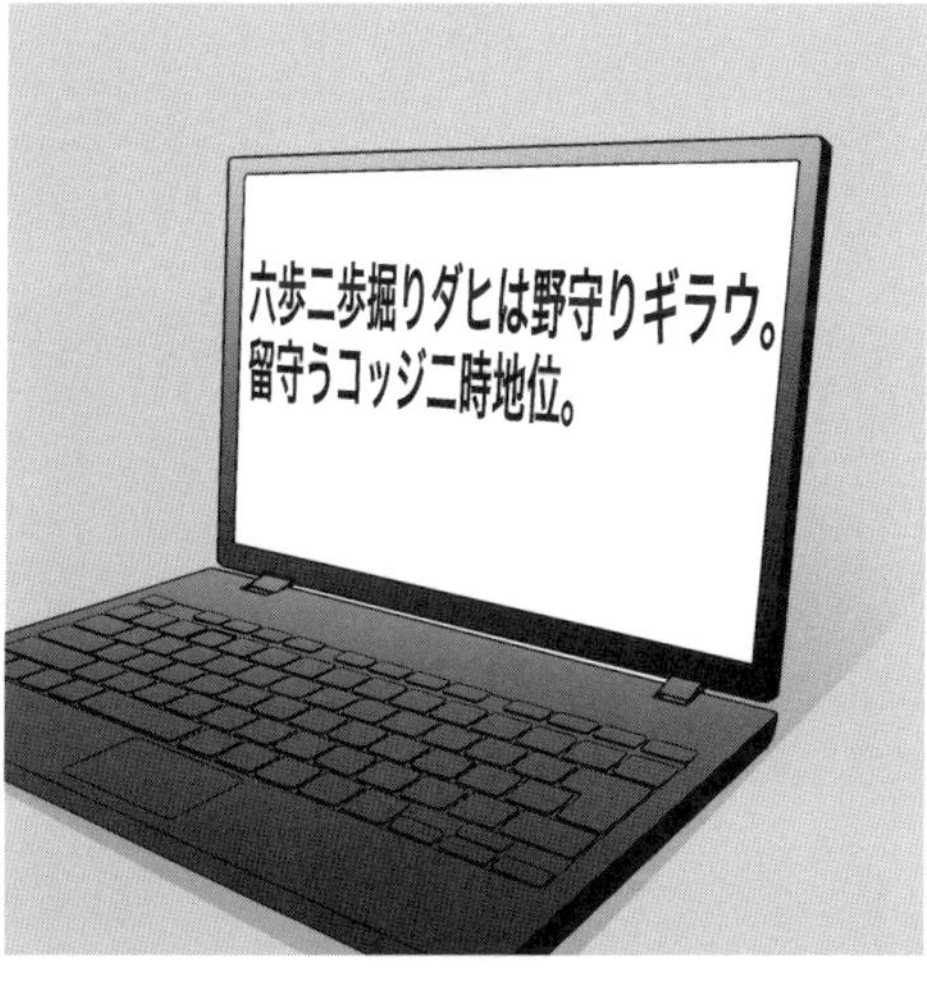

「コッジ」もそうか。

もしかするとカタカナだけを並《なら》び替《か》えると、何かメッセージになるのかもしれないぞ。

元《げん》はあれこれ頭をひねって考えた。

もちろん、雨元《あまもと》たちもウンウンうなりながら考えている。

こんな時、いち早く解読《かいどく》できて、「わかった！」と言えたらどんなに気持ちいいだろう。

ちらっとそんなことを思った元だったが、実際《じっさい》のところはさっぱりだった。

「うーん……」

降参《こうさん》と言いたくはないけれど、だんだん考えすぎて頭がしびれてくる。フーハーフーハー、何度も深呼吸《しんこきゅう》していると、夢羽《むう》と目が合った。

彼女《かのじょ》はにっこりほほえんだ。

「え？」

ドキンと心臓《しんぞう》が跳《は》ね上《あ》がる。

も、もしかして……⁉

元《げん》の予想は見事的中。なんとなんと、彼女《かのじょ》は「わかりました」といとも簡単《かんたん》に言ってのけたのだった。

5

これには大人たちも完全に敗北。

「す、すごいなぁ！　本当にもう解《と》けたというのかね」

雨元《あまもと》が目を大きく見開く。

彼女《かのじょ》は紙にすらすらと文字を書きはじめた。問題の暗号文だった。

『六歩二歩掘《ほ》りダヒは野守りギラウ。留守《るす》うコッジ二時地位。』

「まず、この文字をすべてひらがなにします」

彼女はそう言うと、次のような文章を書いた。

『ろくほにほほりだひはのもりぎらう。るすうこっじにじちい。』

うーん、それでもわからない。いったいこれが何なんだろう？
元《げん》たちが首をかしげている間に、夢羽《むう》はまたもうひとつの文章をすらすらと書きはじめた。

『いちじにじっこうする。うらぎりものはひだりほほにほくろ』

「あ!?　あれ？　こ、これは……」
元が言いかけた時、夢羽はさらに一文付け加えた。今度は漢字とかなが混《ま》じった文章だった。

『一時に実行する。裏切《うらぎ》り者《もの》は左頬《ひだりほほ》にほくろ』

これならわかりやすい。

「そうか！　さっきの文章をひっくり返して読んだのか。逆《さか》さまに」

雨元《あまもと》も興奮《こうふん》してうれしそうに言った。

「はい、そうです。『一時』というと、もし、昼間の一時だとしたらあと少しですね」

夢羽《むう》は壁《かべ》にかかったかっこいい時計を見た。

たしかに！　あと三十分もない。

ケーキやおまんじゅうやセンベイを食べていたから、それほどおなかもすいてなくて気づかなかった。

「それより問題なのが、『裏切《うらぎ》り者《もの》は左頬《ひだりほほ》にほくろ』という文章です」

夢羽はそう言うと、部屋を見回した。

「しまった‼　逃《に》げられました」

「え⁇　な、なんだって？」

「『左頬にほくろ』と言えば杉城《すぎしろ》さんじゃないですか！」

と、友岡《ともおか》が叫《さけ》ぶ。

「ま、まさか……‼」

雨元《あまもと》は顔を青くして絶句《ぜっく》している。

「出入り口、封鎖《ふうさ》できますか？」

夢羽《むう》に言われ、友岡《ともおか》がセキュリティシステムに飛びついた。

「くそ‼　だめだ。これ見てください‼」

友岡が指さしたモニターには裏口《うらぐち》から逃《に》げていく男の姿《すがた》が映《うつ》しだされていた。

後ろ姿だったが、杉城《すぎしろ》だというのがすぐわかった。

「なぜだ⁉　二十年近くうちで働いてくれてるというのに。信じられない‼」

雨元が頭をかきむしる。

「いや、もしかすると、本物の杉城さんじゃないのかもしれませんよ」

「ええ？？？」

「まさか変装《へんそう》⁉」

それじゃまるで怪人《かいじん》二十面相といっしょじゃないか。

元《げん》もモニターにかじりついて見た。

するとどうだろう⁉

意気揚々《いきようよう》と裏口《うらぐち》から出ていこうとした杉城《すぎしろ》がくるっと振《ふ》りかえったではないか。彼《かれ》はモニターに向かってふてぶてしく笑った。

そして、顔の左端《ひだりはし》に手をかけ、顔の表面をむしりとったのである。

「わぁぁ‼　こ、これは、誰《だれ》なんだ⁉」

白髪《しらが》のダンディなおじさん……。元《げん》も見たことがあるのですぐわかった。

「森亜亭《もりあてい》だ‼」

「え？　彼が森亜亭なのか⁉」

「そうですね。彼です」

夢羽《むう》は苦笑した。

正体を現《あらわ》した森亜亭はにっこり笑って手を振《ふ》り、さっさと出て行ってしまった。きっと部下に車を用意させてあるだろうから、今から追いかけても無駄《むだ》だろう。

なんということだ⁉　今の今まで、そうとは知らず、犯人《はんにん》の森亜亭に協力してもらって捜査《そうさ》していたとは。

そうだ、そういえば、なかなかわからないもんだから、雨元《あまもと》が警察《けいさつ》に通報《つうほう》しようかと言った時、夢羽《むう》に推理《すいり》してもらったほうがいいと言ったのは杉城《すぎしろ》だった。いや、杉城に扮装《ふんそう》した森亞亭《もりあてい》だった。

「とすると……本物の杉城はいったいどこにいるんだろう⁉」

雨元が心配そうに言う。

「それはだいじょうぶでしょう。彼《かれ》は人を故意《こい》に傷《きず》つけたりすることはありませんから。いずれもどってこられるでしょう。それより、『女神《めがみ》の告白《こくはく》』ですよね」

「そうだ‼　いったいどうなるんだ⁉　返してくれはしないよな？」

そんな甘《あま》いことはないだろうと、雨元がしょんぼりした。

でも、夢羽は首を振《ふ》った。

「そうでしょうか。彼《かれ》は犯行《はんこう》予告をし、その謎解《なぞと》きの挑戦《ちょうせん》がしたかっただけなんです。だから、それはもう終わったわけで、だとすると絵ももどってくると思うんですよね」

彼女《かのじょ》は展示室《てんじしつ》のほうを見た。

「もしかすると、すでにもどっている可能性《かのうせい》もあります」

camera:11
裏口
came
玄

「な、なにぃぃ⁉」

そんな手品のようなことがあるんだろうか⁉

みんなお化けにでも化かされたような顔で首をひねりながら展示室《てんじしつ》にもどってみた。

すると、どうだろう⁉

本当に絵がもどっていたのだ！！！

雨元《あまもと》はあまりのことに、その場にへなへなと崩《くず》れ落《お》ちた。

『女神《めがみ》の告白《こくはく》』は、一番目立つところに飾《かざ》ってあった。

雨元がこれほど愛してやまない絵のはずで、女神の姿《すがた》はとてもやさしげで神々しかった。それはあんまり絵のことなどわからない元《げん》にも感じられた。

立派《りっぱ》な年代物の額縁《がくぶち》に収《おさ》められた『女神の告白』は何事もなかったようにそこにあったのである。

6

「いったいどういうことなんだ……？　さっぱりわからない」

雨元《あまもと》はなんとか立ち上がった。そして、

「まぁ、しかし、とにかくもどってきたんだ。もういいよ、どういうことなのかわからなくっても。もどってきてくれたんだし」

と、大きくため息をついた。

森亞亭《もりあてい》ならやりかねない。何しろ誰《だれ》も考えないようなことをしてはうれしがっているような人だからだ。

今回のことも、夢羽《むう》が言う通り、何も絵が目的だったわけじゃなくて、夢羽と知恵比《ちえくら》べがしたかっただけなのかもしれない。

だったら、もう用はすんだんだから、絵をさっさと返していてもおかしくない。

元《げん》もそんなふうに考えた。

それにしても、いったいどうやって盗《ぬす》みだし、どうやってもどしたんだろう？

雨元は、どういうことなのかわからなくってもいいと言っているが、元にはとてもそうは思えなかった。

「茜崎《あかねざき》、わかってるんだろ？　どうやったのか」

「ん？　あ、ああ……これはさっきようやくわかったんだ」

元《げん》は当てずっぽうに言ってみたというのに、本当にわかってたらしいと知って、びっくりしてしまった。

雨元《あまもと》もそうだ。

「いったいどういうからくりがあったのかね。教えてくれ！」

まるですがるような目で言う。

「実は……、ここの壁《かべ》なんですが」

夢羽《むう》はそう言うと、『女神《めがみ》の告白《こくはく》』が飾《かざ》ってある正面の壁《かべ》を指さした。

「この壁、ほんの少しだけ手前に来てたんですよ。絵はその奥《おく》に隠《かく》されていたんです」

「はぁ⁇　壁が動いたとでも言うのかね」

にわかには信じられないという顔で雨元が聞く。

「ここ、見てください。跡《あと》がついています」

夢羽はその場にひざまずくと、カーペットを指した。

黒いからよく見ないとわからないが、たしかにくっきりと板の跡《あと》があった。

「というと、この大きな壁《かべ》全部二重になってたと言うのかね⁉　そんな大がかりなこと、いったいどうやっていつしたんだ⁉」

と、聞いていながら、すぐ自分でわかったようだ。

ポンと手をたたいた。

「そうか‼」

夢羽《むう》もこっくりうなずく。

「そう、ここのセキュリティシステムを新しくしましたね。その時に工事の人が入ったと言われてました」

「ああああ‼　そんな前から計画されていたのか。あれは二週間も前だよ」

「彼《かれ》は謎解《なぞと》きを楽しむためだったら、島ひとつ買うくらいのことする人ですよ」

「ふわぁぁぁ……」

雨元《あまもと》は額《ひたい》に手を置き、まいったという顔をした。

「まぁ、これで赤外線探知機《たんちき》をかいくぐったり、監視《かんし》カメラの映像《えいぞう》に細工したりしたのもわかるな。何しろ、杉城《すぎしろ》に化けていたんだから」

「そうですね。あとは杉城さんが無事もどってきてくれれば万事解決《かいけつ》です。わたしの予想では、もう間もなく連絡《れんらく》が入ると思いますよ」

夢羽《むう》がすずしげな顔で言った……その時だった。

雨元《あまもと》の胸《むね》ポケットから電子音が鳴りはじめた。ケータイの着信音である。

まさかという顔で雨元が取る。

「杉城、杉城なのか⁉」

雨元は大声で言った後、夢羽たちに向かって大きくうなずいた。

「うん、うん……あぁ、そう、そうか。うん、それで？　無事なのか？　ああ、ふむ……なるほど。じゃあ、すぐ帰ってこられるんだね？　わかった。気をつけて……」

彼《かれ》はそれだけ言うと、ケータイを切った。

そして、夢羽を見た。

「杉城だったよ……。なんと三日前……つまり、あの絵が盗《ぬす》まれる前日に誘拐《ゆうかい》されたらしい」

「誘拐《ゆうかい》ですか⁉　だいじょうぶなんですか‼」

友岡《ともおか》が心配そうに聞くと、雨元《あまもと》は手で彼《かれ》を制《せい》した。

「それが……南国のすばらしい景色のバンガローに軟禁《なんきん》されていたらしいよ」

「南国⁉」

「軟禁⁉」

と聞いたのは元《げん》である。聞きなれない言葉だったからだ。

雨元は苦笑して説明した。

「軟禁というのはね。監禁《かんきん》とちがって、だいぶゆるやかに閉《と》じこめられてるというイメージだね。実際《じっさい》、プライベートビーチもあったし、三食とも豪華《ごうか》な食事で、映画《えいが》やテレビも見放題、スポーツもし放題だったらしいよ。こんなに楽しい旅行は初めてですよと、興奮《こうふん》気味に話してたからねぇ」

「へぇー‼　そいつぁうらやましい」

友岡は心底《しんそこ》うらやましそうに言った。

ともあれ、杉城《すぎしろ》も無事だったというのが確認《かくにん》できて、一同ホッとして顔を見合わせた。

自然と笑顔が浮《う》かんでくる。

やがておかしくてたまらなくなり、みんな声をあげて笑いはじめた。

何がどうおかしいのかわからないけれど、元《げん》もおかしくってしかたなかった。

おなかを抱《かか》えて笑っていると、隣《となり》で夢《む》羽《う》も楽しそうに口元を押《お》さえていた。

まったくもって、人騒《ひとさわ》がせな森《もり》亜《あ》亭《てい》だが、今回もやってくれた！

そして、勝負はまたしても夢羽の完勝‼

「しかし、森亜亭という男もさぞかし悔《くや》しがってるでしょうねぇ」

友岡《ともおか》が言う。

元もそうだろうなぁと思ったが、雨元《あまもと》は笑いながら首を振《ふ》った。

「いやいや、案外喜んでいるかもしれないよ」

「そうですか？」

「ああ、ライバルはね。強いほど楽しいもんだ。あっけなく負けてしまうような相手では勝負をしたっておもしろくないだろ？」

「ああ、なるほど‼」

それはそうかもしれない。

だからこそ、あのモニターで見た森亜亭《もりあてい》は夢羽《むう》に負けたというのに、楽しそうに笑っていたのか。

「そう、好敵手《こうてきしゅ》というわけだ。夢羽くん、君も災難《さいなん》だねぇ。大変な人物に見こまれてしまったものだ。しかし、わたしはいつでも味方になるからね。今後何かあったら、ぜひ相談してくれ」

「わかりました」

夢羽は素直《すなお》に頭を下げた。

「さて、なんだか腹《はら》が減《へ》ったな。友岡《ともおか》くん、ピザでも取ろう。君たちも好きなものを注文しなさい！」

「やったー!!」

思わず元《げん》がバンザイをすると、またまたみんな笑いだすのだった。

おわり

ラムセスのお手《て》がら

1

ピンと耳を立て、ラムセスは秋の始まりを感じていた。

葉っぱや木、土の匂《にお》い、子供《こども》たちの声、近所の家の台所……。

風のなかに、いろんな情報《じょうほう》があるのだ。

夢羽《むう》の家の庭にある古くて大きな木。上のほうの枝《えだ》で器用に立ったまま目を細める。

初秋とはいえ、きょうも残暑が厳《きび》しいはずだ。

それも風が教えてくれている。

ジジ、ジジッとすぐそばで蝉《せみ》が鳴きだした。

ラムセスは目を見開き、音のするほうを見た。

枝に蝉がしがみついているのがわかった。

パッと前足で払《はら》おうとしたが、ちょうどその時、もっと大きな音が聞こえてきたので中止した。

パトカーの音だった。

事故《じこ》があったのか、何か事件《じけん》があったのか。
蝉《せみ》もその音に驚《おどろ》いたようで、鳴くのをやめ、飛び立っていった。
騒《さわ》がしくサイレンを鳴らしながらパトカーが行きすぎていくのを見送ると、それより
だいぶ後から、キーコキーコと自転車のきしむ音が聞こえてきた。
警察官《けいさつかん》がひとり、白い自転車を一所懸命《いっしょけんめい》こいでいる。
ラムセスはそのようすをずーっと見ていた。
警察官が見えなくなるまで見ていたが、その後、たんねんに毛繕《けづくろ》いしはじめた。
前足で顔や頭をこすり、その手をなめる。首を後ろにして背中《せなか》をなめる。
大きなあくびをひとつ。
目を細めて風を受けていたけれど、また何か興味《きょうみ》をひくことがあったらしい。
くわっと目を大きく開く。
さっき警察官が白い自転車こいで通りすぎていった道を、今度は逆《ぎゃく》方向に走っている
サラリーマン風の男がいた。
大きなボストンバッグを抱《かか》えている。

ハァハァと荒《あら》く息を切らしながら、必死の形相で走っている男をラムセスはジーッと見つめていたが、急きょ思いたったように木から塀《へい》へ飛びおりた。

信じられない速度で塀をつたって走り、通りに降《お》りたった。

そして、まるで獲物《えもの》を追うハンターのような目で、男が走っていった方向に疾走《しっそう》していったのである。


それから少したって、元《げん》が自転車で坂道を登り、夢羽《むう》の家へやってきた。

その日の昼すぎ、おもしろい本があるから遊びに来れば？　と夢羽に言われ、ランドセルを家に置いてから来たのである。

でも、肝心《かんじん》の夢羽《むう》はそのことをすっかり忘《わす》れていた。

「おや、元《げん》。どうしたんだ？」

と、玄関《げんかん》口ですずしげな顔で聞くもんだから、元はすっかり面食《めんく》らってしまった。

「い、いや……だって、ほらおもしろい本があるからって……」

そう言うと、夢羽は「あっ！」という顔になった。

「そうだ。本を見せるって話してたんだった。ちょっと待ってて」

そして、パタパタと階段《かいだん》を昇《のぼ》っていった。二階に彼女《かのじょ》の部屋があるらしいが、まだ見たことはない。

すぐまた降《お》りてくる足音がして、本を持ってもどってきた。

ふたりは一階のベランダに面した小さなコーナーにあるテーブルについた。

本の題名は『世界のなぞなぞ』。夢羽は大人顔負けの推理《すいり》をするくせに、なぜかなぞなぞが苦手だ。どちらかというと、元のほうが得意だったりする。

「へぇー！　これ、外国のなぞなぞなんだ？」

元が目を輝《かがや》かせて本を開こうとした。

すると、夢羽《むう》がすかさず本をパタンと閉《と》じた。

びっくりして彼女《かのじょ》を見ると、夢羽はかわいらしい笑顔で言った。

「だめだよ。問題に答えなくっちゃ」

「そ、そっか……」

うー、なんてかわいらしいんだ⁉　元《げん》はドキドキしてしまった。

「じゃあ、まず第一問。川に水はなく、森に木はなく、都市に建物がない。これは一体なんだろう?」

夢羽は楽しそうに目を輝《かがや》かせ、首をひねっている元を見ている。

うーん、なんだろう⁇

写真かな……。川の写真や森の写真に水や木は写っているけど、実際《じっさい》にはないから。

いやぁ、でも、写ってはいるんだからダメか。『実際にはなく』っていうわけじゃないからな。

実際にもないもの……と、考えていて、ふとひらめいた。

「わかった‼」

顔を上げると、夢羽《むう》は「お！」と目を見開いた。

元《げん》はにこっと笑って言った。

「地図。地図じゃない⁉　川の表示《ひょうじ》はされてるけど水はないし、森も都市もそうだ」

すると、夢羽は感心したようにうなずいた。

「さすがなぞなぞ博士だ！　正解《せいかい》だよ」

「やったぁ‼」

「元のなぞなぞ能力《のうりょく》は世界レベルなんだな」

「い、いやぁ……ははは」

そう言われると、やたらとうれしくなる。「なぞなぞ能力」というのがなんなのかわからなかったが、どんなにがまんしても、にまにまが止まらなくて困《こま》った。

「じゃあ、次は元が出題してみてくれ。そのページから先はわたしも見てないから」

夢羽は楽しそうに元を上目づかいに見て、本を渡《わた》した。

無意識《むいしき》にやってるんだろうが、そういう表情《ひょうじょう》が本当にかわいい。

何にしようかな……と思ってページをめくっていたが、とてもシンプルでいい問題を見つけた。

「うん、これにしよう！」

元《げん》が言うと、夢羽《むう》は真剣《しんけん》な顔で聞きはじめた。

「歯医者、目医者、外科医、この三人が喫茶店《きっさてん》でお茶をしていたら、そこに警察《けいさつ》がやってきた。三人のうちの一人が犯人《はんにん》だという通報《つうほう》を受けたからだ。彼《かれ》の名前もいったい何の医者なのか、どういう顔をしているかもわからない。しかし、警察は即座《そくざ》に目医者を逮捕《たいほ》した。なぜか？」

元も答えを見ないでおいた。自分もいっしょに考えたかったからだ。

歯医者、目医者、外科医……。

それで、何の情報《じょうほう》もないのに目医者を逮捕した⁇

なんでだろう。目……ME！　あ、そっか。英語で『ME《ミー》』というのは、自分を現《あらわ》す言葉だ。

と、そう思ってから元はだーっと脱力《だつりょく》した。

なぜなら、これは外国のなぞなぞだったからだ。「目」＝「ME」なんていうのは日本語だけじゃないか。

だめだ。それは答えじゃない。

う――ん……。

ずっと考えていたが、どうしてもわからない。どうやら夢羽《むう》もまだわからないようだ。

ふたりしてうんうんうなっていると、そこに塔子《とうこ》が帰ってきた。

夢羽といっしょに暮《く》らしているハーフの叔母《おば》さんだ。

「ハロー、ボーイ！　遊びに来てたカ!!　おなかすいたカ？」

塔子に聞かれ、元《げん》は思いっきり「はい！」と答えてしまった。

おやつも食べずに飛びだしてきたんだからしかたない。

「オッケー！　きょうは特製《とくせい》フィッシュアンドチップス作るヨ！　オイシイヨー！」

どんなものかわからないけれど、きっとものすごくおいしいんだろう。

「元、もう一度問題を読んでくれる？」

夢羽に言われ、元はもう一度読んだ。

「歯医者、目医者、外科医、この三人が喫茶店《きっさてん》でお茶をしていたら、そこに警察《けいさつ》がやってきた。三人のうちの一人が犯人《はんにん》だという通報《つうほう》を受けたからだ。彼《かれ》の名前もいったい何の医者なのか、どういう顔をしているかもわからない。しかし、警察は即座《そくざ》に目医者を逮捕《たいほ》した。なぜか？」

彼女《かのじょ》は一字一句《いちじいっくき》聞き逃《のが》さないよう、さらに注意深く聞いている。もちろん、元《げん》も読みながら真剣《しんけん》に考えたのだが、やはりわからない。

すると、「あ‼」と夢羽《むう》が顔を上げた。

「わかった？」

元が聞くと、彼女はゆっくりうなずいた。

「そっか、そういうわけか……」

思わせぶりなことを言う。

「なになに⁇　答えは⁇」

元が急《せ》かすと、夢羽は少しいたずらっぽく首をかしげた。

「いいのか？　答え、言っても」

「う、ううぅ……いいよ。降参《こうさん》だよ」

「ふふ、じゃあ言うけど。これ、歯医者だとか目医者だとか関係ないんだ」

「関係ない？」

「そう。肝心《かんじん》なのは『彼の名前もいったい何の医者なのか、どういう顔をしているかもわからない』っていうところだ。つまり、犯人《はんにん》は男なんだよ。彼女《かのじょ》とは言ってないだろ？」

「あ、ああ‼　ということは……」

「そう、歯医者と外科医は女の人だったんだ。男は目医者だけ。だから、警察《けいさつ》はすぐに犯人がわかったんだね」

2

「なるほどぉー‼」

元《げん》が感心していると、夢羽《むう》が次の問題を出した。

「じゃあ、次の問題は……うんうん、これにしよう。ソロモン王が家臣に命令した。『幸せな者が見ると悲しくなり、不幸な者が見ると幸せになる指輪を探《さが》して来い』と。家臣はほどなくして、それにぴったりの指輪を見つけて持っていった。王は満足そうにそれを見ていたが、その指輪に書かれてあった文章を読んでとても悲しくなってしまった。さて、いったい何と書いてあったのか？」

んんん⁇

『幸せな者が見ると悲しくなり、不幸な者が見ると幸せになる指輪を探して来い』

いったいどういうことだろう⁉

「幸せな人は不幸になり、不幸な人は幸せになるだろう」と書いてあったとか。いやいや、そんな間抜《まぬ》けな答えはないだろう。

元《げん》がしきりと首をかしげ、考えている時、塔子《とうこ》がフィッシュアンドチップスとソーダ水を運んできてくれた。

「こういうのにはやっぱり炭酸《たんさん》よね‼」

「これがフィッシュアンドチップス……？」

元《げん》は皿に手を伸《の》ばした。

どうやら手づかみで食べるものらしい。

細長いフライとポテトチップス、横には玉ネギとパセリのみじん切りとマヨネーズを混《ま》ぜて作ったタルタルソースとケチャップが添《そ》えられている。

フライにタルタルソースをたっぷりつけて食べてみた。

揚《あ》げたてらしく、カリッとしてて香《こう》ばしい。熱々だから、湯気も出ている。白身魚のフライだった。

「うまい‼」

元は思わず大きな声で言った。

「でしょ‼」

塔子《とうこ》はものすごくうれしそうに言って、自分もポテトチップスに手を伸ばした。

ポテトチップスはケチャップをつけて食べるようだ。

「うーん、デリシャス‼　ヤミー‼」

塔子はひとしきり自画自賛《じがじさん》していたが、ふと思い出したように言った。

「またギンギン商店街で置き引きがあったんだってヨ」

「また？」

夢羽《むう》が聞き返すと、塔子《とうこ》は顔をしかめた。

「そう。最近、物騒《ぶっそう》だって話ヨ。きょうは大きなボストンバッグ盗《ぬす》まれたそうヨ。財布《さいふ》も入ってたって」

「そうなんだ……」

夢羽はソーダー水を飲んだ後、元《げん》に聞いた。

「元は知ってる？」

夢羽に言われ、元は口をぽかんと開けた。

そんなことは初耳だった。

「いや、知らないなぁ。でも、だからかな。きょう、パトカーのサイレンを聞いた気がする」

元が言うと、塔子が大きくうなずいた。

「きっとそれネ。でも、日本人はすごく不用心。荷物、椅子《いす》に置いたままトイレ行ったりするデショ。あんなのは盗《と》ってクダサイって言ってるようなモノ」

「そういえば、ママたちも同じようなこと言ってたな」

夢羽《むう》は海外で仕事をしている両親のことを思い出したようだった。

「それでもネ、日本は治安がいいデス。日本人はとても繊細《せんさい》だし、やさしい。とってもいい国デス」

塔子《とうこ》はふたつ目のポテトチップスに手を伸《の》ばした。

本当にそうなのかな？　と思うようなこわいニュースも多いけれど、それでも海外とは比《くら》べものにならないほど治安はいいんだと、テレビでも言っていた。

でも、こうして置き引きが多発しているということは、やはり注意しなければならない。

そんな話をしている時、トンと音をたて、窓《まど》のすきまからラムセスが帰ってきた。

そして、まっすぐ夢羽の足下にやって来て、ちょいちょいっと彼女の足に前足をかけた。

「ん？　なんだ？」

そう聞く夢羽《むう》の足下にぽとっと小さな紙切れを落とした。

拾いあげてみる。

元《げん》も塔子《とうこ》も興味津々《きょうみしんしん》でのぞきこんだ。


「左2　右7　左6」


鉛筆《えんぴつ》で殴《なぐ》り書きをしたものだった。

「なんだろう、これ」

元が首をかしげる。

「金庫の暗証番号《あんしょう》みたいダ」

と、塔子。

夢羽は彼女《かのじょ》を見て言った。

「うん、わたしもそう思った。まぁ、ちがうかもしれないけど」

「金庫だとして、いったいどこのなんだろう」

元《げん》がつぶやいた時、夢羽《むう》の足下でうずくまっていたラムセスがすくっと立ち上がった。

そして、窓《まど》ではなく玄関《げんかん》のほうへスタスタと歩いていき、夢羽たちを振《ふ》りかえった。

「にゃぁーお！」

何か言いたいことがあるようだ。

「ついてってみよう」

夢羽は油のついた手をお手ふきでふくと、ラムセスの待つ玄関に急ぎ足で向かった。

もちろん、元もついていく。

「行ってラッシャーイ！」

塔子《とうこ》はひらひらと手を振《ふ》ってふたりと一匹《いっぴき》を見送ったのだった。

残暑が厳《きび》しいが、それでも風は秋の気配がする。

汗《あせ》ばんだ首筋《くびすじ》を風が吹《ふ》き抜《ぬ》けていく。

家の外に出ると、通りの少し先でラムセスは待っていた。

ふたりがやってくるのを確認《かくにん》すると、軽やかな足取りで先頭を歩いていく。

いったいどこへ案内しようというんだろう。

他の猫《ねこ》や犬だったらさほど期待はしないが、ラムセスは別だ。エジプトで生まれた猫だという話だし、とにかくすべてが特別な猫なのだ。

きっとあっと言わせてくれるはず。

元《げん》はワクワクしながら彼《かれ》の後を追いかけた。

通りをふたつほど超《こ》え、愛子《あやし》が淵《ふち》公園の横を過《す》ぎて、再《ふた》び住宅街《じゅうたくがい》に入ったあたり。

ここには低層階《ていそうかい》のマンションもいくつか並《なら》んでいる。

小ぎれいなマンションや住宅《じゅうたく》が並《なら》んでいる道をラムセスはどんどん進んでいく。

途中《とちゅう》、石壁《いしかべ》の上に飛び乗って、歩いていったり、飛び下りたり。でも、必ず時々は後ろを振《ふ》りかえって、夢羽《むう》と元がついてきているのを確認する。

なんて賢《かしこ》い猫《ねこ》なんだろうと元は改めて感心した。

まぶしい日差しを受け、道路には黒々と街路樹《がいろじゅ》の影《かげ》が形作っている。

そこをふたりと一匹《いっぴき》が早足で歩いていく。

四つ角を何個《こ》か超えたあたりで、急にラムセスは立ち止まった。

古ぼけた灰色《はいいろ》のマンションの前である。

彼《かれ》は頭を上げ、マンションを確認するように何度か頭をめぐらしていたが、夢羽《むう》のほうを向いて「にゃおおん」と一声鳴いた。

「そうか。このあたりで見つけたんだな、この紙切れ」

マンションの敷地に入ってみると、入口には「立入禁止《たちいりきんし》」と大きく書かれた紙が貼《は》られてあった。

3

どうやら無人のマンションらしい。

裏《うら》に回ってみると、雑草《ざっそう》が伸《の》び放題に伸びていて、どこかから飛ばされてきたビニール袋《ぶくろ》やゴミが散らばっていた。

マンションが無人になってだいぶたつんだろう。

「ふむ……ここの紙と何かつながりがあるんだったらおもしろいな」

夢羽《むう》はマンションの外からなかをのぞいている。

しかし、通路や階段《かいだん》が見えるだけで変わったものは何もない。

たぶん老朽化《ろうきゅう》したマンションを取《と》り壊《こわ》して、また新しく建て直すんだろう。でも、取り壊すといっても大金がかかるし、ましてマンションを建て直すとなればものすごく費用もかかる。

だから、家が古くなったからといってすぐに建てかえるというわけにはいかないんだと、父の英助《えいすけ》が言っていたのを元《げん》は思い出した。

「何もなさそうだよ」

一通り見た後に夢羽に言ったが、返事がない。入口にもどってみると、夢羽はマンション内にあったロッカーの前でしゃがみこんでいた。駅などにあるロッカーによく似ている。

「それ、何？　ポスト⁉」

元《げん》が聞くと、彼女《かのじょ》は首を横に振《ふ》った。

「宅配《たくはい》ボックスだね」

「宅配ボックス？」

「うん。宅配業者が荷物を配達した時、届《とど》け先《さき》が留守《るす》をしている場合、ここに入れておくんだ」

「へぇー！　それは便利だな。でも、盗《と》られたりしないのか？」

「うん、そのために……宅配ボックスひとつひとつにダイヤル式のロックがかかっている」

ダイヤル式のロック⁉

も、もしかして……⁉

元が目をまん丸にすると、夢羽《むう》は大きくうなずいた。

「しかも、このボックスのロック部分だけピカピカなんだ。他のボックスはほこりだらけだけどね」

「つまり、つい最近も使ったことがあるってことか！」

「うん」

夢羽《むう》はそう答えると、メモを見ながらダイヤルを回しはじめた。


「左2　右7　左6」


カチャッと気持ちいい音がした。

開いたのだ‼

開けてみると、出てくる出てくる‼　いろんな形のバッグや財布《さいふ》、時計、などなど……。

「これ、ギンギン商店街を荒《あ》らしてるっていう置き引きのだよな⁉」

ドキドキしながら元《げん》が聞くと、夢羽は無言でうなずき、再《ふたた》び宅配《たくはい》ボックスのドアを閉《し》め、ロックもかけ直した。

「え？　なぜ⁇」

盗品《とうひん》なんだから取り返すんだとばかり思ってたので、元《げん》はびっくりした。
すると、夢羽《むう》はあたりに気を配った後、元を手招《てまね》きした。
「もどってくるかもしれないから、気をつけて。早くここを離《はな》れよう」
そ、そっか！
それはありえる。
そう思ったとたん、心臓《しんぞう》がさらに激《はげ》しく鳴りだした。
外に出ると、まだまだ厳《きび》しい日差しが照りつけてきた。
まぶしくて目をつぶる。
……と、そこに足早に歩く足音が聞こえた。
またまた心臓が跳《は》ねあがる。
夢羽を見ると、彼女《かのじょ》は冷静そのものだった。
さすがだ‼
その横顔を見て、元も少しだけ落ち着いた。
しかし、こんな無人の閉鎖《へいさ》中のマンションから出てくるところで鉢合《はちあ》わせになったら、犯人《はんにん》はどう思うだろう？　もしも犯人だったら……だけど。

いや、こんなところに出入りするのは犯人くらいじゃないのか？

目まぐるしく考えをめぐらしていた時、男がせかせかと急ぎ足でやってきた。白いワイシャツに黒っぽいズボンをはいている。一見、普通《ふつう》のサラリーマンにしか見えない。

夢羽《むう》に手を引《ひ》っ張《ぱ》られた。入口のところにある柱の後ろに隠《かく》れようと言っているのだ。

たしかに、大きな柱だったからその後ろにいれば目立たないだろう。でも、完璧《かんぺき》に隠れられるわけじゃないから、いずれ気づかれてしまうんじゃないか？

……と、その時だ。

「ぎゃあぁあぁおぉ‼」

耳をつんざくような声をあげ、ラムセスが空中から男に飛びかかっていった。

「う、うわぁあああぁ‼」

ふいをつかれ、男は叫《さけ》びながら両手で顔をふさぎ、その場にしゃがみこんだ。

（今だ！）

また夢羽に手を引っ張られ、元《げん》も猛《もう》ダッシュ‼

「ふぎゃあああぁああ‼」

ラムセスが男に猫《ねこ》パンチを繰《く》りだしている間に、ふたりは無事マンションの敷地の外に出ることができた。

通りに出て電信柱の陰《かげ》に隠《かく》れる。

ハァハァとあがる息を整えながら、ラムセスが無事かどうか元《げん》は心配でしかたなかった。

「あせったなぁ……はぁはぁ……ラムセスはだいじょうぶかな」

夢羽《むう》に言うと、彼女《かのじょ》は電信柱から顔を出して、マンションの入口をうかがった。

「まぁ、だいじょうぶだろ。それにしても静かだなぁ……」

いったい何があったんだ。

もしかして犯人が思わぬ反撃《はんげき》に出たのでは⁇

……と、またまた心配になってきた時、その後ろ頭にいきなり「にゃあ‼」と声をかけられた。

「うわぁっ‼」

驚《おど》きすぎて、思わず尻餅《しりもち》をついてしまった。

いつのまに来たのか、ラムセスが塀《へい》の上からこっちを見下ろし、首をかしげていた。

「はぁぁ……お、おどかすなよぉ」

元《げん》がふかぶかとため息をつくと、そのおなかの上にラムセスがドンと降《お》りたったからたまらない。

「うげっ！」

と声をあげ、おなかを押《お》さえた。

夢羽《むう》はニコッと笑ったが、すぐ真顔になり、「急ごう！」と元をうながした。

「どこへ行くんだ？」

走りながら聞くと、彼女《かのじょ》は「峰岸刑事《みねぎしけいじ》に報告《ほうこく》するんだ！」と答えた。

4

夢羽の家にもどり、刑事の峰岸愁斗《しゅうと》に報告《ほうこく》すると、すぐ現場《げんば》に直行してくれた。

犯人《はんにん》は現場にとどまってはいなかったが、その後すぐにもどってきたところを張《は》りこんでいた峰岸《みねぎし》が逮捕《たいほ》したのである。

彼《かれ》は夢羽《むう》の家へ寄《よ》ってそのようすを話してくれた。

なぜあの宅配《たくはい》ボックスを犯人が使っているのがわかったか、いくら説明してもわかってもらえないだろうと思っていたのに、峰岸がすぐ理解《りかい》してくれたのは意外だった。

「あのラムセスならそれくらいやってくれるだろうさ」

彼はそう言って白い歯を見せた。

「犯人からすると、大誤算《だいごさん》だろうけどね。まさか猫にメモを取られてしまうとは」

取られてしまうと聞いて、元《げん》は「あれ？」と思った。

てっきり道に落ちていたのを拾ってきたんだと思っていたからだ。

元の疑問《ぎもん》がわかったようで、峰岸は説明をつけ加えた。

「犯人《はんにん》が言ってたんだよ。彼は以前、あそこのマンションの一室を借りて会社を経営《けいえい》してたんだそうだ。でも、経営がうまくいかなくなって倒産《とうさん》し、マンションも老朽化《ろうきゅう》ということで立《た》ち退《の》きになった。ただ、あの宅配ボックスはまだ使えるというのがわかって、金庫代わりに使っていたそうなんだけどね。毎回暗証番号を設定し直していて、その番号を覚えられないからメモしてたんだそうだが、あの日、いつものようにメモを見ながら番号を合わせようとした時、どこからともなく大きな猫《ねこ》がやってきてそのメモ用紙を奪《うば》って逃《に》げていったと言うんだ」

そうだったんだ。

もしかしたら、ラムセスは犯人《はんにん》が宅配ボックスを利用している現場《げんば》を見て、番号を書いたメモを夢羽《むう》に渡《わた》せば取《と》り押《お》さえてもらえるだろうと、そこまで考えたのかもしれない。

まぁ、あるいは……ただメモ用紙を奪っていっただけかもしれないが。

ちょうど置き引きの話をしている時だったし、メモを夢羽に渡すと、あのマンションまで案内していったことを考えると……やっぱりラムセスは天才猫だ！　という結論《けつろん》に達した。

当のラムセスはそんなことちっとも気にしてないようで、すずしい風が通りぬける窓《まど》辺《べ》にすわって、のんびり毛づくろいをしている。

「まぁ、犯人《はんにん》もね。生活が苦しくて置き引きしたりしていたけれど、そう長くは続かないだろうと思ってたそうだよ。捕《つか》まって、むしろホッとしたと言ってたな。何しろ、家族には普通《ふつう》に仕事をしていると嘘《うそ》をついて、毎日出勤《しゅっきん》しているふりをしてたらしいから」

そうだったんだ……。

家族には会社に行ってると思わせておいて、実は失業中で置き引きをしていただなんて。なんてつらく悲しい話だろう。被害《ひがい》にあった人たちのことを考えたら同情《どうじょう》なんかしてられないけれど。

塔子《とうこ》が持ってきてくれた麦茶を飲んでいる時、元《げん》はふと思い出した。

「そうだ‼　さっきの世界のなぞなぞの答え、あれなんなんだ⁉」

すると、峰岸《みねぎし》も興味《きょうみ》を示《しめ》した。

「世界のなぞなぞ?　おもしろそうだな。いったいなんなんだ⁇」

そう聞く彼《かれ》にも問題を出してみたが、やはりわからないようだった。

夢羽《むう》はふたりの顔を見て答えを言った。

「指輪にはこう書いてあったんだ。『何事も長くは続かないものだ』ってね」

すぐには意味がわからなかった。

でも、ゆっくり考えていくうち理解《りかい》できた。

「そうか……何事も長くは続かないってことは、今、幸せな人にとっては、その幸せは長く続かないと読めるし、今、不幸な人にとっては、その不幸は長く続かないと読めるからだ」

元《げん》が言うと、峰岸《みねぎし》が感心した。

「なるほどなぁ‼　深いな、これは……」

でも、夢羽《むう》は苦笑まじりに言った。

「本当にそうかな」

「え？　どういうこと⁇」

元が聞くと、彼女《かのじょ》は答えた。

「本当に幸せな人は今の幸せに気づかないものだよ。不幸な人ほどはね」

「不幸な人は自分が不幸だ不幸だと毎日のように嘆《なげ》くが、幸せな人は自分の幸せになかなか気づかないってことか」

峰岸《みねぎし》が言うと、夢羽《むう》はこくんとうなずいた。

「そして、不幸な人も自分の不幸が続かないと聞いても本当にそうかと疑《うたが》ってしまう気がする」

「さすがだな。深い。実に深いよ」

峰岸は何度もそう言い、ため息をつく。

「それに不幸だ不幸だと嘆いている人だって、他の人から見れば幸せだということもある。幸せかそうじゃないかなんて、考え方ひとつかもしれないしね」

三人は話すのをやめ、窓辺《まどべ》にいるラムセスを見た。

彼《かれ》は毛づくろいをやめ、昼寝《ひるね》を始めたようだ。初秋の日差しがあたって、そのなめらかな毛は神々しく輝《かがや》いていた。

おわり

あとがき

こんにちは！

いつもムーちゃんを応援《おうえん》してくださってありがとうございます。

初めての方、初めまして‼　ぜひいろんなムーちゃんを楽しんでくださいね。

さて、今回のムーは短編《たんぺん》が三つ！　それぞれ趣向《しゅこう》が違《ちが》います。

趣向というのを辞書でひくと、「味わいやおもしろみが出るように工夫すること。また、その工夫」と書いてありました。

うんうん、そうですね。

いろんなムーを楽しんでいただきたいなぁと思って書いたのがこの三作品です。

まず、最初。「ギンギン商店街を救え！」。これは元《げん》たちの住む銀杏《いちょう》が丘《おか》にある古い商店街、皆《みな》さんもおなじみの銀杏《いちょう》が丘銀座《おかぎんざ》商店街、略《りゃく》してギンギン商店街のお話です。

みなさんの家の近くにもありますか？　こういう古い商店街。

花見シーズンにはピンクの花を、七夕《たなばた》の時にはひらひらした銀色の飾《かざ》りをつけたり。そんなイメージがありますね。

最近はネットスーパーといって、インターネットで注文できるスーパーもあって、重たい物を買いたい時などは特に重宝《ちょうほう》してるんですけど。

たまに、商店街のコロッケ食べたいなぁ！　なんて思うことあります。

夕方、心地いい風のなか散歩しながら、花を買ったり、アジフライ買ったり、たこ焼き買ったりね。そういうのはなかなかスーパーやデパートでは味わえない魅力《みりょく》です。

わたしがよく行く商店街の魚屋さんのおばあちゃんはわたしのことをよく覚えていて、すぐ「今日は鰆《さわら》の切り身がありますよ」とか「ほんとはハマグリふたつで五百円なんだけど、残り三つだから、サービスしますよ」とか言ってくれるんです。

ほんとは鶏《とり》と野菜の炒《いた》め物でも作ろうかなぁって思ってたのに、急遽《きゅうきょ》、ハマグリのお吸《す》い物《もの》と鰆の塩焼きになっちゃったり。それが商店街のいいところです！

さて、そのギンギン商店街にいったいどんな危機《きき》が訪《おとず》れたんでしょう⁉　元《げん》や夢羽《むう》が

ギンギン商店街の救出に向かいます‼

二作目はこの本のタイトルにもなっている「絵画泥棒の挑戦状《かいがどろぼうのちょうせんじょう》」。

みなさんは、怪盗《かいとう》ルパンや怪人《かいじん》二十面相って知ってますか?? 神出鬼没《しんしゅつきぼつ》! まさに、神様のようにどこからともなく現《あらわ》れ、鬼《おに》か悪魔《あくま》のように、ふいに消えてしまう。そんな怪盗のような言動を見せるのが、おなじみのあの人です。

絵画コレクターの家から名画が盗《ぬす》まれてしまいます。しかも、さらにもうひとつ盗むぞと予告状《よこくじょう》が届《とど》いた‼ 警察《けいさつ》に通報《つうほう》してはいけないと言いながら、茜崎夢羽《あかねざきむう》に相談しなさいとも書いてあった‼

つまり、これは夢羽への挑戦状でもあったんですね。

絵が展示《てんじ》されていた部屋から大きな額縁《がくぶち》に入った名画をどうやって盗みだしたのか? これ以上盗ませてはいけない‼ 夢羽は見事謎《なぞ》を解《と》くことができるのでしょうか??

という内容《ないよう》ですが、子供《こども》の頃《ころ》、こういう怪盗がお金持ちの金品を盗みとってしまって、人々をほんろうするようなお話にわくわくしたものです。

もちろん、泥棒《どろぼう》は犯罪《はんざい》だからいけないことなんですけどね。怪盗《かいとう》と探偵《たんてい》が対決するシーンとか、すごくドキドキしました。

その時の気持ちを思い出して書いた作品です。


ラストは「ラムセスのお手がら」。

夢羽《むう》の家に住んでいる猫《ねこ》といえば、サーバル・キャットのラムセスです。エジプト生まれの猫で、どうやらエジプト語もわかるらしい天才猫！

さすがは天才探偵の飼《か》っている猫も天才なのか⁉　というところなんですけどね。

今回も大活躍《だいかつやく》しますよ。

わたしは動物が大好きですが、特に猫が好きです。

だから、他の作品でも猫が登場するものが多いんですね。そうそう、ここでひとつ謝《あやま》っておかなくっちゃいけないことがあります。

それは、本当はサーバル・キャットというのは勝手に外を歩き回らせてはいけない種類の猫科の動物だということです。だから「猫」と言っていいのかどうかもわかりません。

猛獣《もうじゅう》あつかいなんでしょうね。体長も大きいし、野生の部分も多いので、そう指定されているようです。

実際《じっさい》、動物園でも見ることができるそうですよ。興味《きょうみ》のある人は見に行ってみてはいかがでしょう??

すらーっと長い手足をしていて、顔もちっちゃく、その代わり耳が大きいんですよ。くっきりした美しいヒョウ柄《がら》です。

運動能力《のうりょく》も高くて、軽く三メートルくらいはジャンプできるそうです。

ものすごく高級なペットとして飼《か》うことはできますが、先にも書いた通り野生動物として認定《にんてい》されているので、特別な許可《きょか》が必要ですし、飼う環境《かんきょう》も限定《げんてい》されます。

この小説の中では、自由自在《じゆうじざい》に動き回り、みんなをびっくりさせていますが、これはあくまでも物語だけのことだと考えてくださいね。

でも、一度抱《だ》っこしてみたいです!!

……あぁ、いけない。それでですね、そのラムセスが活躍《かつやく》するお話です。

彼《かれ》の何気ない行動が夢羽《むう》の推理《すいり》を導《みちび》きます！　いったいどんな事件《じけん》なのか……それは読んでからのお楽しみです。

イラストのＪ太《じぇいた》さん、すっごくかっこよくてかわいい夢羽《むう》、いつもありがとうございます。Ｊ太さんのラムセスもいいですよね！　すらーっとしてて耳が大きくて。

今回のお話もぜひぜひ最後まで楽しんでってくださいね。よかったら、感想などお待ちしております!!

深沢美潮《ふかざわみしお》

P.73の「ギンギン商店街クロスワードパズル」の解答は以下の通りです。

※わかりやすくするため、すべてカタカナで表記しています。

						⑤ユ			
				⑨ミ	サ	キ	ズ	シ	
						ミ			
		②イ			⑩タ	チ	バ	ナ	
		イ				ャ			
①ケ	ン	ダ	③マ	と	④メ	ン	⑥コ		
チ			ン		イ		ロ		
ャ		⑧ナ	ガ		ジ		ッ		
ッ							⑪ケ	イ	コ
⑦プ	リ	ー							

IQ探偵シリーズ㊱
IQ探偵ムー　絵画泥棒の挑戦状

2018年4月　初版発行

著者　深沢美潮

発行人　長谷川 均

発行所　株式会社ポプラ社
〒160-8565 東京都新宿区大京町22-1
[編集] TEL:03-3357-2216
[営業] TEL:03-3357-2212
URL www.poplar.co.jp
[振替] 00140-3-149271

画　山田J太
装丁　梅田海緒
DTP　株式会社東海創芸
印刷　瞬報社写真印刷株式会社
製本　株式会社ブックアート

ISBN978-4-591-15780-0 N.D.C.913 202p 18cm
Printed in Japan

本書は、2015年９月に刊行されたポプラカラフル文庫を改稿したものです。